以活着的方式

苏二花 著

时代出版传媒股份有限公司
安徽文艺出版社

图书在版编目（CIP）数据

以活着的方式 / 苏二花著 . -- 合肥：安徽文艺出版社，2023.2
（鲸群书系）
ISBN 978-7-5396-7506-0

Ⅰ.①以… Ⅱ.①苏… Ⅲ.①中篇小说—小说集—中国—当代②短篇小说—小说集—中国—当代 Ⅳ.① I247.7

中国版本图书馆 CIP 数据核字 (2022) 第 118790 号

| 出 版 人：姚 巍 | 策 划：李昌鹏 |
| 责任编辑：胡 莉 宋潇婧 | 特约编辑：罗路晗 |

封面设计：鸿儒文轩·末末美书

出版发行：安徽文艺出版社　　www.awpub.com
地　　址：合肥市翡翠路 1118 号　　邮政编码：230071
营 销 部：（0551）63533889
印　　制：阳谷毕升印务有限公司　　（0635）6173567

开本：880×1230　1/32　印张：6.625　字数：149 千字
版次：2023 年 2 月第 1 版
印次：2023 年 2 月第 1 次印刷
定价：48.00 元

（如发现印装质量问题，影响阅读，请与出版社联系调换）

版权所有，侵权必究

总　序

我将中国当代文坛创作体量巨大、深具创作动能的作家群体命名为"鲸群"。入选这套"鲸群书系"的作家在2021年度中短篇小说的发表量皆有15万字以上，入选小说皆为2021年发表的作品。

"鲸群书系"以最快的速度集结丰富多元的创作成果，以年度发表体量为标准来甄别中短篇小说创作的"鲸群"，展示作家创作生涯中的高光年份——当一个作家抵达极佳的状态才能进入"鲸群"。如果我们喜欢一位作家，一定会着迷于他高光年代的作品。

我想，"鲸群书系"问世后，一定会有更多的人关注被我称为"鲸群"的作家群体，因为这个群体标示了中国当代小说创作的年度峰值——它带着一种令人心醉的澎湃活力。

如果"鲸群书系"在2022年后不再启动，多年后它可能会成为中国当代小说研究者珍视的一套典藏；如果"鲸群书系"此后每年出版一套，它或许会为中短篇小说集的出版带来新格局。

  这套书的作者中或许有一部分是读者尚不熟悉的小说家，我诚恳地告诉您，他就是您忽视了的一头巨鲸。正因为如此，"鲸群书系"的问世，显得别具价值。

李昌鹏

2022 年 10 月 30 日

目录

良　户　　　　　　　　　001

拉大锯，扯大锯　　　　037

以活着的方式　　　　　089

无上密　　　　　　　　125

地铁二号　　　　　　　163

良户

一　丹河解冻

别人家给儿子娶媳妇放在腊月里，张掌柜给儿子娶媳妇放在二月里。

二月里，丹河解冻，积攒了一冬的冰开裂消融。已经暖和了的节气和还未暖和的河水，撞了。碰撞升发雾气，浮冰就在雾气里团团转，急于找出路的人一样。

事情还得从去年说起。

先是，原村的段掌柜牵着一头驴，突然出现在良户村。张掌柜一抬头看见段掌柜，笑了，说，段掌柜有闲情来转转？段掌柜也笑，说，去城里卖油返回来，进村里给驴讨口水喝。

驴就着水槽咕咚咕咚喝水，张掌柜对段掌柜客气，说，要不来家坐坐？

段掌柜说坐坐就坐坐。

张掌柜给段掌柜装了满满一锅莫合烟，又把砖茶给段掌柜酽酽泡了一碗。段掌柜一口莫合烟下去，咳嗽连连，眼泪和痰都给逼出来，笑说这烟真顶人，吃不住啊吃不住。等把碗里的茶喝下去，段掌柜这才缓过来，长长出口气，说，呀，这舒爽，给个神仙都不换。

日头往西偏，两人把上个月的庙会和今年的收成抬出来说。张掌柜是个伶俐人，说今年大豆的收成肯定好。段掌柜的嘴也不差，马上就说高粱的收成今年也孬不了。段掌柜家是开油坊的，大豆收成好了他油坊就能多榨油；张掌柜家是酿醋的，醋的原料是高粱。

两人互相递着话，一来一往，这就说起各自的买卖来了。

段掌柜夸张掌柜，说，你家的醋是真好，醋味顺风飘出去，能飘十里远。张掌柜笑说，哪里呀，顶多也就五里远。段掌柜笑，说，那不是飘我家了吗？我家正好五里远。张掌柜被说高兴了，要不，我带你看看我的醋坊？

段掌柜说看看就看看。

段掌柜跟着张掌柜，不但把张掌柜的醋坊看了，还把张掌柜的房院也看了，捎带着，把张掌柜家的牲口棚、柴炭房和米面房也给看了。张掌柜家真是好房院，再没有能比的了。正说着话，张掌柜家的二郎从学堂回来了。二郎推着自行车进了院，把自行车支好，把书夹在手肘里，头也不抬，往自己的东厢房走。张掌柜把二郎叫住，说，你不看家里有客人呀？二郎这才抬起头看，果然有个客人。张掌柜说，叫段伯。二郎叫一声段伯。段掌柜看二郎，十六七岁，明净脸，黑白眼，青布衫，往那里一站，挂一身龙师火帝和鸟官人皇。

段掌柜临走从驴背上卸下一篓油，说这是今年新榨的油，请张掌柜尝尝。张掌柜推了几次，推不掉，也让长工贵德搬出一坛醋来给段掌柜。段掌柜也是推了好几次，推不掉，也就挂在驴背上了。

送走段掌柜，贵德对张掌柜说，掌柜的，你觉着段掌柜是干啥来了？

张掌柜说，来转转么，还能来干啥？

贵德说，段掌柜说的是卖油回来，路过咱良户村，顺道给驴饮口水？

嗯。咋？

段掌柜住原村，他进城卖油，咋可能路过咱良户？

张掌柜眨眨眼，问，你到底想说啥？

贵德说，我怎么觉着，段掌柜是来相看咱家二郎来了？

嗯？

掌柜的你还不知道？段掌柜有个三闺女，能裁会缝，能描会画，长得还好，是个巧姑娘呢。张掌柜看着贵德，半天后问，他家有个三闺女你是咋知道的？贵德说谁家里有了好闺女还藏着不让人知道？

贵德给张掌柜出主意，他段掌柜能来咱家，你张掌柜就能去他家么，看他咋接待你呀。再不然，你就直接找个媒人去，两家庚帖这么一换，彩礼这么一送，这事就成了。

张掌柜看着贵德，说，你今天的水担了？骡喂了？粪沤了？

段掌柜回家，出来迎接他的是三闺女烟霞。烟霞高挑身子细长眼，嘴是抿着的，像是随时都在拿主意。烟霞用拂尘给段掌柜掸身上的尘土。又去卸驴，看到驴背上的醋坛，嘴往更紧抿了抿，肩膀不由得往上端了端。

段掌柜看到，笑。

显然，段掌柜是笑早了。

春天已尽，能开的花都按秩序开过了，张掌柜却没来。

夏天到了。夏天不是为了日历上的节气才来的，是为了煎熬人才来的。夏天，村庄是陷在蛙声里的，人看不见蛙，但蛙就是呱呱叫，尤其太阳落山时分，蛙把天都叫成血红了还要叫。拾起一块石头，照叫声最浓稠的地方砸过去，蛙声一下就止住。突然清静的村庄，白墙，灰瓦，被一人高的蒿草呼应着，高高低低，起起伏伏，忽闪如怀有的心事。老牛抬起头，扑棱扑棱耳朵，甩一甩尾巴，嚼一嘴翻白沫的草，叫一声"哞"——它的内心远比表面呈现出的更忧愤。一只白肚黑背的喜鹊受惊，"喳"一声飞起。也就是这一飞，蛙们醒悟，以更大的声音复叫起来，骂人一样。但张掌柜还是没来。

接着就是秋收，秋收是真忙，忙到人脚后跟打到后脑勺，忙到分不出掌柜和长工，忙到连女孩儿都得下绣楼。

直忙到小麦都入了瓮，谷子都装了袋，黄梨苹果和红薯都脱了水分晒成了干，黄芥都磨成了末，张掌柜也还是没来。

忙碌不能使人忘情，但也不见得非需要忘情才去忙碌。

当玉虚观高翘的飞檐弯钩一样挑住带着灰白脂肪的太阳，冬天也就来了。十月，一场大雪覆下来。

十月雪，赛如铁，够用一冬的时间去消融，如同一些等待和秩序，考验着人的耐心和专注。

十月，可以杀猪宰羊了。把雪往南墙根下一堆，再把猪羊肉往进一埋，肥肥的一整个冬就此有了。段掌柜把油篓子搭在驴背上，冬天正是卖油的好时候。爹，烟霞喊了一声。段掌柜回头，烟霞拿一件坎肩来给爹穿。坎肩穿好，给爹拴腰带的时候，烟霞手下使了狠劲儿。烟霞嘴唇抿得异常紧，把一望而知的焦灼关在里面，她是不知道，她脸小了一圈，关不住的。这是愿想带给她的伤害。

段掌柜卖油，哪个村都去，就是不去良户。这种事，还要女方怎样再主动？倒宁可让烟霞继续瘦下去。

高高低低的路，被太阳光下的树分成一段一段，炊烟缠绕在村庄中腰，灰驴子嘚嘚走。冬天风硬，风中的飞石暗器一样袭击眼，灰驴眼里滚出一大颗泪，太阳裹在泪里，随着泪一起往下滚，驴高声叫——倒叫得比道路更崎岖，竟是往人心里最逼仄处去了。可是，青山在天际画眉，喜鹊往树间插簪，万事只能等待。被驴驱使着上坡的段掌柜，被驴激发，不由得开口，唱出自己的忧伤——哦呵，哦呵！

歌声是阴灰色的，是驴的，也是段掌柜的，骑在风的背上，日行千里，往广阔处挺进。挺进了，却融为一体，阴灰是苍天覆盖下所有的主色，而世间一切，都是骑在风背上的，都是隐居在喉咙深处的歌。

寒月过去是冬月，冬月过去是腊月，腊月走到底，是翻过一页的又一年。张掌柜不来，段掌柜也就笑了，这事可以做个了结了。段掌柜笑了，烟霞一直端着的肩膀也就松下来了。

七九河开河不开，八九雁来必定来。在丹河上走出的道，必将还给丹河。丹河以冰层下奔涌的水流声，宣告新一轮的春情勃发。大雁是呼应着来的，这种笨鸟，一生只婚配一次，再无变通。嘴和脚一般宽的大雁，在水面上翻飞，落在河滩上，就把河滩上的灌木丛林当婚床，恣意得不像样儿。

夜晚里，已经开了的丹河又被寒冷冰封。这封不绝对，是封一半，解一半，封的一半是白色，解的一半是黑色，中间莫名拐个奇妙的弧，一个天然太极就成了。清晨，寒气与暖气同时上升，丹河产生的蓝色雾气缠缠绕绕。太阳初升，雾气起了幻化，影影绰绰，袅袅娜娜，充满未知，和由此而来的无比奇妙。

媒人就是从这雾气里走出来的，她说，我来是给烟霞提亲的，良户有个酿醋的张掌柜，张掌柜家有读书的少年叫二郎。

二　我是我，叫二郎

二郎身上天然有一股忧伤，说不出藏在哪里，即使把衣服和头发都解开了抖搂一遍，也找不出来，但他往那里一站，忧伤就是能浮上来。

这是病，得治。

于是，张掌柜在二月里给二郎办了婚宴。

洞房花烛，烛芯被挑高，大红帐子上印着浮夸的野鸭和芙蓉，每一个都成双又成对。二郎看着帐子里的新娘子发愁，他一直都好好的，读书、写字、尊师长、爱父母，犯什么错了要把一个新娘子塞给他？东厢房本来就窄小，这又多出一个新娘子，挤得慌。

烟霞隔着盖头的红布纱看二郎，心下欢喜无限。果然是那个二郎，是那个去年清明节遇到的二郎。与二郎婚配，是把天上地下最大的一个愿想了了，这真令人喜不自胜。

去年清明，二郎从挂有"烈奏西陲"匾额的门下走出。门旁一株槐树，树上缠着丁香藤，丁香旁的枸杞盛开了，碎纷纷的小花。站在槐树上的喜鹊看见二郎了，挺着黑背白肚，朝着二郎说，喳喳，喳喳。二郎黑白眼珠一轮，笑了。

春天来得悄然而隆重。

清明节，二郎要踏青。出街巷，转菜畦，过水渠，途经龙王庙。二郎对着庙遥遥一拜，那是对神祇的敬仰，何况二郎还藏着一个跃龙门的愿想呢。二郎一揖到底。揖到底了，却发现一只小小的红蜘蛛沾在裤腿上，八只长脚，个个狰狞，好怕人呀。二郎凭空里一抓，果然有一线看不见的蛛丝连着它。把它吊在半空中，二郎手向左，它就往左飘，二郎手往右，它就往右飘。飘就飘，它还顺着蛛丝迅疾往上爬，要摆脱那摆布一样。

小路接大道，二郎忽然伏下身，他要捕捉那只狡猾可喜的壁虎，如潜伏的猛虎等待袭击一头灵活的小鹿。壁虎和二郎，相处如许年，互相追逐、互相戏弄，各有输赢，彼此是知己。

正凝神屏气间，忽听扑哧一声轻笑。二郎伏在草丛抬头看，一个十二三岁的紫衣女娃从树后闪出。那女娃圆脸，一双眼珠如放在瓷盘上的玻璃球来回动，高高举手，咯咯一笑，说，姐姐你快出来啊。

啐，死丫头，让你看人，你看哪？

一阵窸窸窣窣的分枝拨叶，一个稍大点的女孩蓦地从杂草中站起来。乌发，白脸，耳朵上一对珠白耳环来回晃，也就十七八岁。

穿紫衣的少女还是笑，说，姐姐你要解手你就快点儿解，这里真的没有人哦。

嘘——她不让那穿紫衣的女娃大声。紫衣女娃偏要大声，姐姐姐姐，你要解手你就解，这里真的没人哦。声音因清脆过分而有了金属质地，有着穿透耳膜的锐。

小糊小糊，我打死你。哎哟我踩水了，鞋湿了。

原来咯咯笑着的女娃儿叫小糊。小糊说哎哟那怎么办，一边说一边笑，更大声了。说，姐姐姐姐，你不是踩了水，怕是踩了自己的尿吧。

胡说，你才踩了尿，我还没解手呢哪里来的尿？女孩急切辩白，脸都红了。那是二郎从来没有见过的颜色。这颜色让二郎起疑，搜遍满肚里学过的词，竟没有一个是能和这颜色对上的。

都怪你。女孩噘嘴，跺脚，珠白耳环晃动得厉害，她把头发往耳后别。头发别后面去了，女孩说，哎哟哎哟，那我们怎么办？

二郎一时把自己找不见了，手没了，脚没了，腰身没了，脑袋也没了，好在还有个魂儿在飘着。魂儿上有根线，线在风手里，风把他的魂儿往左吹，他就到了左，风把他的魂儿往右吹,他就靠了右。喉咙里好像有点甜。也不是甜,甜太用力,着了痕迹,这甜没痕迹,忽左忽右,任风摆布。

壁虎从草后探出,再探出,都没能召回二郎的眼。不玩了?壁虎满腹狐疑,拿不准二郎这是为何,这草长莺飞,这无边春色,不够恣意玩耍吗?壁虎蹿到二郎脚下,引诱二郎如以往那般来捕捉它善于折断的尾巴,可是呢,二郎就是瓷着。顺着二郎的眼,壁虎看去,看到鹅黄裙、粉白衣的一个女孩,一并连她摇晃着的珠白耳环,笑非笑,恼非恼,站在无边的春里似动非动。

姐姐,你脱下鞋来,晒在这好大的太阳下。小糊用手比画,说风再吹一吹,也就干了。小糊鼓起嘴,模仿着风吹鞋。

女孩说,小糊小糊,你说得轻巧,要是来人了怎么办?一边说着,一边已经脱下鞋,晾晒在大石头上。

鞋晾上去了,女孩的嘴又噘起来了,说,小糊小糊,我还是想要解个手。

小糊说,那你就解,去往那草高处,我给你看着人。

女孩说,那你可要好好给我看着人哪。

小糊说快去快去呀。

女孩竟然是往二郎这个方向走来。左左右右,看了好几遍,这才蹲下去。蹲下去了又站起来,说,小糊小糊你一定给我看着人。

女孩蹲着的地方,和二郎隔着一层草。二郎屏住呼吸瓷住眼。眼睛千万不能眨,二郎要眨眼,地就得动,地动就是山岳崩塌,墙倾垣断。

去年一夏天长高的草,被羊粪攒过一个秋和一个冬,苍劲密实如帷幕。帷幕左,是二郎;帷幕右,是女孩。风打东边来,拂过草，带出唰啦啦的响。这响，也是地动山摇，也是二郎满肚里学过的词里没一个能与之对应的。细究下去，也不是没有能对应的，而是满肚里所有学过的词都被刷起来，搅作一团，血肉模糊，聚在丹田，有如炼丹。

看小糊，小糊坐在大石上，晃荡着两腿嗑瓜子。看大石，大石青青白白，层层叠叠，叠着的是亘古与天荒。看壁虎，壁虎金黄的瞳孔竖成针，针里一个金黄的二郎呆成一段木。清明时节，天与地之间是鼓起的一个圆，人，风，草，和壁虎，和大石，和唰啦啦的响，都是被囚禁在中间的共犯。

忽然起了人声。从远处走来三两人。唰啦啦的响戛然止住，壁虎欻一下逃遁，那三两人，朝这边走来。小糊受惊，急往树后躲，竟然是不顾晒在石头上的鞋，也不顾蹲在草里的姐姐。

连风都不拂草了。

突然的静止是最大的恐怖，必须做点什么。二郎霍然起立，从草里拔出来的一样，几步跨上，坐在大石上。坐上去了，把鞋掖在屁股下。

那三两人走近了，无非张三李四和王五。李四问，二郎二郎，你石头一样堆在这里做什么？二郎说走累了歇一歇。张三李四和王五，看着莫名其妙的二郎，说二郎二郎，坐在春风里要小心蜜蜂扎了脸。他们笑，二郎也笑。

二郎什么都好，就是不该念过几天书，这让二郎身上起了忧伤，伤他自己，但主要还是伤别人。张三李四和王五，都是聪明人，与所有聪明人一样，是再聪明不过。和二郎说不着，也就笑着走开了。走开了，还要互相咬着耳朵说几句，还要回头看着二郎各自捂着嘴明火执仗地偷着笑。

三两人走远了，小糊从树后跳出来，呔，你这个坏人，你藏在草里做什么？

我没藏。二郎争辩，脸却红了，全是说了谎的样儿。

小糊问，你是谁？叫什么？

我是我，叫二郎。

哪里的二郎？

良户的。

良户谁家的？

酿醋老张家的。

咯咯，小糊不该在这时候笑出声。小糊一笑出声，二郎松口气。小糊说，离我们原村不算远噢。

你们是原村的？

呔，不许瞎猜，更不许猜我们是原村的。咦？小糊问，你看到我姐姐啦？

二郎急忙摆手，我没我没，我什么都没看见也什么都没听见。

那你是瞎子吗？

不是。

那你是聋子吗？

不是。

那你说你什么都没看见又什么都没听见？

二郎答不上来。

哎哟哎哟你转过脸去，我让我姐姐出来问你。小糊叱咤二郎，我不让你回头你不许回头哦。

二郎脸不知道往哪里转，被小糊拨弄着，转了好几个圈。小糊说，把眼闭上。二郎闭上眼。小糊说，把耳朵也捂住。二郎就紧紧按住两只耳。不许回头哦，小糊声音里全是笑。

这句二郎没听见,二郎使劲按住了耳朵。按住耳朵,耳朵里却轰隆隆响,那是云过山,风过林,是胡蜂试图撞破窗,是猛雨打着牛皮鼓。不光是他自己转,所有的都在转,都绕着他在转,山和水,树和草,天和地,都围着他一个转。

呔。小糊把二郎的肩膀拍一下,又把二郎紧紧按着耳朵的两只手往下掰,我姐姐问你话呢。二郎要回头,呔,小糊说,我姐姐不许你回头看。

身后一个声音说,小糊小糊,你问他,他是什么时候藏在草里的。二郎又闻到了甜,耳朵烧起来。

我姐姐问你呢,你藏在草里要干什么?

二郎说,之死矢靡它。

啥?

小糊小糊,你问他,他藏在草里,看到什么没有?

小糊说,我姐姐问你呢,你住良户哪条街?

二郎说,之死矢靡它。

咯咯,小糊笑出声,说姐姐姐姐,这人是个傻子呢。是傻子就好了,我断定他真的什么都没看到,什么都没听到。

哦,原来是个傻子,那还好。

二郎忽然不傻了,二郎说,我家在良户村中正街西。

啐,谁问你了?

就是,谁问你了,你个傻子。小糊咯咯笑。笑过了,说,姐姐姐姐,我们要不要告诉这个傻子,说我们是原村的?要不要说,你是油坊段家的三闺女,你的名字叫烟霞?

你个死丫头,你看我不打死你。

二郎也忍不住笑。二郎不回头,含着笑。那笑又含不住,泄露在肩上,腰上,和腿上。身后窸窸窣窣,又夹着小糊的咯咯笑，想是段家三闺女名字叫烟霞的，真要打死小糊了。不许回头看，小糊说。

良久，身后没了声音，想要回头看，又怕受小糊叱咤。

但身后真是没了声音。

二郎不敢回头，只好往后退了一步。

又往后退了一步。

退了好几步。

大石头上的鞋没了。

小糊没了。

一直往后退，藏过烟霞的草，还是帷幕一样，但烟霞没了。

再往后退，都没了，连草连树连石，连天和地，连太阳，都没了。

三　麦黄色

我坐在板凳上，一边给缺了一只胳膊的塑料娃娃梳头发，一边听爷爷讲这些故事，我爸爸则在用锤子修理那个掉下过N次的柜门，钉钉，钉钉。

我爷爷半身不遂，只能仰面躺在麦黄色的藤椅上，接近黄昏的阳光穿透玻璃窗户，把他照耀成秋后的广袤麦田，那是更为浓稠的麦黄色。他身体的左面一半已经死去，右面一半却还活着，活着的这一半带不动死去的那一半，所以他只能仰面躺在藤椅上。不但身体，他的舌头也是，左面的一半已经死去，右面的一半活着，他就是用右面活着的这一半，给我讲故事。多数时间我乖乖坐在小板凳上，这样做的好处是我只要坐，爷爷总能给我一颗糖。但有些时候，糖也不能把我挽留，我会跑出去追一只路过的猫，或是抢夺隔壁二囡的小皮球。

我跑出去，我爷爷的故事就只能停下来。我爷爷的故事停下来，我爸爸钉木楔子的声音就扩大开来，钉钉，钉钉。

钉钉，钉钉，木楔子揳在破损处，密不透风故而鼓胀。整个房间都在膨胀。我爷爷和他的藤椅会在这膨胀里离开地面，和屋里所有陈设一起，浮游在半空。直到我坐回小板凳，我爷爷又开始他的故事。故事被重复过无数次，早已失去水和糖分，但它能把所有悬浮的都解救下来。

说的全都是没用的。我爸爸说。

你爷爷这个人，百分之九十是没用的。我爸爸对我说。我爸爸说这句话时，眼睛往往看着窗户外，如果顺着他的视线看出去，会发现那里什么都没有，要么白茫茫，要么灰蒙蒙。我爸爸对我爷爷的厌恶由来已久。

我爷爷很少与我爸爸说话，但对我有说不完的话。我不太明白我爷爷对我说那么多没用的话是要干什么，因为不明白，我会偶尔对他笑一笑。我爷爷藏着糖，我能闻到糖的甜味，并狡黠地知道但凡笑我准能得到他的糖，那是我妈走后，我唯一的甜蜜来源。

妈和爸离婚那天，妈是要抱着我一起走的，却没想到我半身不遂的爷爷猛然坐起，他挥舞着手臂和腿脚，呜哇大叫。他半身不遂的身体挥舞得严重不对称，看上去像是被撕裂，同时他发出的呜哇叫声也因为太过用力而有了凄厉。我爸爸惊恐地看着我爷爷，极度害怕一个新物种从那撕裂处蹦出。我妈骇然，把我放下。

我爷爷的糖也是麦黄色的，这样的糖放进嘴里需要使劲嘬几下才能去掉最初的陈旧与苦涩，而一旦忍受住这些，此后整个就都是甜蜜的。从爷爷手里拿糖是个技术活儿，我不是总能逃避我爷爷的手，他总能趁我从他手里取糖的瞬间紧紧拉着我的手。我爷爷的指甲也泛着麦黄色，与一切老旧与陈腐的颜色相同。他每抓住我的手就很猬獝地笑，嘴歪眼斜。我抽不脱手，就大声喊爸爸。

我爸爸总是不停地用锤子修补这个家。不过我对他的修补技术有怀疑，他什么都修不好，还造成更大的残缺和疏漏，比如我的塑料娃娃永远是缺着一只胳膊，比如我不回头的妈。

我的爸爸也没有妈，这也是个由来已久的事。

我爸爸的妈叫锁澜。锁澜本是杭州西湖水面上的一座桥，因为西湖水一过锁澜桥就果真被锁住波澜从而变得平静。我奶奶的名字叫李锁澜，杭州淳安人，从娘胎里带来天然的穷困与两腿不一般齐。右腿比左腿短，注定她颠簸又坎坷的命运，好在这不耽误她的发育以及对世界抱有的热情。她江南水乡女子独具的温婉与潮湿是一个定制容器，不大不小，恰恰好可盛放我爷爷莫名又泛滥的忧伤。

我爷爷叫张济世，籍贯山西高平良户村，和我奶奶相遇的时候是杭州市江南面粉厂的工人，每天要扛上百袋面粉入库，挂一身面粉白。即使这样，我爷爷也还是用一种与生俱来的忧伤把自己和周围很明显地区分开来。这忧伤，伤他自己，但主要还是伤别人。

那就不怪别人对他用狠。

我爸爸说，这个事从一开始就是错的，李锁澜就不该嫁给张济世，张济世文不能与人做争斗，武不能手挑肩扛，他只有忧伤。那正是我爸爸说的，百分之九十的没用。

锁澜把这百分之九十的没用扛起，她各种刨食，最终猝死在刨食的路上。接下来这百分之九十的没用，由我爸爸来扛，从八岁起他就拿起锤子不停修补。这导致我爸爸越活越像一把锤子。像锤子主要还不是体现在吃穿用度上，而是行为举止上，直至到了相貌形体上，我妈就是因为这个和他离婚。谁愿意和一把锤子过日子呢？我妈说。

我爸爸说，要实用。

实用让我爸爸百分之九十有用，除了偶尔把眼睛投放在没有明确目标的白茫茫与灰蒙蒙上。这种时候，我会顺着他的眼光和他一起看出去，毕竟比起残缺和疏漏，这算是个不错的目光投放点。最后我发现，看久了，白茫茫与灰蒙蒙的最深处是，麦黄色。

我爷爷去世是在一个有着麦黄色阳光的黄昏时分，那时我已经是个背着书包的小学生。我爷爷仰面躺在藤椅上，他身材不再是臃肿而是瘦，特别瘦，失去人样的那种瘦。

瘦让麦黄色的藤椅有了前所未有的宽大与坦荡。一旦宽大，藤椅的老旧和破损也就很坦荡地暴露出来，再不遮着掩着。它被各种修补，绳子缠过，钉子钉过，胶带粘过，还动用两块新木头捆绑过。我爷爷用活着的一半狠狠地拉住我，他说，我的家乡在良户，良户有个玉虚观，玉虚观琉璃瓦龙头脊，下面坐着一个女孩叫烟霞。

阳光穿透窗户照在我爷爷身上，他还是秋后广袤的麦地，只是这麦地已经收割完毕。特别瘦的爷爷，用活着的一半笑，说，我的名字叫二郎啊。他在说二郎的时候眼睛亮了一下，那亮让我产生了一丝恍惚，恍惚间一个少年，奔走在无边的春天里。

爷爷活着的一半，逐渐垂下去，在那瞬间他递给我一条线，无色，比蛛丝还要细，只要伸手去抓，一定有东西吊在上面。

朝左摆，是明亮；朝右摆，是死亡。我不知道该朝哪边摆，回头看我爸爸。我爸爸垂头坐在小板凳上一言不发。

同样的感觉，三十二年后我再次经历，这次躺在明亮与死亡之间的，是我爸。与我爷爷的麦黄色不同，我爸被医院的白色所围困。所有都是白的，墙壁，天花板，床单被子，以及死亡。我爸爸硬撅撅地陷在白色柔软里，有着无比的不服气。

我不喜欢我爸。但无论我喜欢还是不喜欢，我都是他在这个世界上唯一的盟军。我哭得很厉害。

良户是山西的一个村庄，与一切散落在大地上的村庄一样，是个安详、宁静的去处，我爸爸对我说。我疑惑地看着他，他从来不这样说话。他一个出生在杭州的人，怎么知道山西良户是个安详宁静的去处？

一个锤子样百分之九十有用的人突然这样说话让我感到恐惧，在我成长过程中，我爸爸对我说过的话有限并且字字实用，这样长大的我实在也没有太多盈余来对付他突如其来的改变。我说，爸你怎么了？

我爸爸陷在白色里，眼睛看着窗户外。像小时候一样，我顺着他的眼看出去，看到的还是白茫茫和灰蒙蒙。

我的良户三面环山，负阴抱阳，背山面水，前低后高，层次错落。我爸爸说。

我的良户？

我恍惚看到被白色围困的不是我爸爸而是我爷爷，我爷爷在最后的时间里，就是这么给我讲故事的，他说，我的良户。

我爸爸的最后是我爷爷？

我的良户，东距离原村四公里，北枕凤翅山，南耸双龙岭，村南有章庄里沟河。我的良户，在战国时期长平之战，秦军东进的必经之路。

我看到，我爸爸越来越接近麦黄色，这颜色逐渐侵袭他，上了他的身体，上了他的眉眼，也上了他的纹路。

我大哭。

我确定我爸爸也是被我爷爷伤过的人，这伤没有随着爷爷的故去消逝，而是留在爸爸的身体里，他终一生没能战胜，即使用了锤子。

最终，我爸爸闭上眼睛，在明亮与死亡之间，他选择了麦黄色。

也就是说，你爸爸从本质来说，是个文艺青年。

当我把这段讲给得云听的时候，他下了这样的结论。这结论让我措手不及，我说，我爸爸最后是安然接受了那伤。

你一生的不幸就是因为这样的原生家庭吗？

我断喝一声：不许胡说！

四　除了震撼

良户不在我的想象里。

尽管来之前，我做了大量准备工作，对良户有个基本概念，但当我真正站在蟠龙寨门楼脚下时，还是目瞪口呆。

蟠龙寨是良户的一个部分。这是个村寨堡，依山势而建，坐北朝南，堡门的门楼有三层。太高太大了，为看清楚门楼上巨大石匾额上镌刻的"接霄汉"，我往后连退几步，身体失重。在跌倒的那一刻，得云扶了我一把。我回头看得云，得云说小心。

幸亏有得云。

得云和我一样穿白色短袖运动衫,但他耳朵上捂着立体声耳麦。我怀疑他是故意的,用此来区别他和我的不同,或者也可能是他反抗的一种。他对我各种排斥与反对。

我强迫他和我一起回良户。

在我爸爸去世七八年后,我这是第一次把回良户付诸行动。回良户,是爷爷和爸爸对我的希冀。虽然我爷爷和我爸爸都没有说过,但我以为这是他们临终前对我的重要嘱托,不然,我爷爷不会在去世前拉着我的手不放,我爸爸也不会说出"我的良户"那样的话。

我一直想不通,我爷爷也就算了,他是生在良户长在良户从良户出发到达杭州的,我爸爸,他一个出生在杭州一辈子都没回过良户的人,为什么对良户用"我的"?

而当我真正站在良户,我好像和我爸爸有那么一点,和解了,至少不那么不喜欢了。

除了震撼。

"我的良户依山势而建,高低叠置,参差错落,与周围的山脉绿地相互掩映相互渗透,恍如人间仙境。"我爸爸说。"我的良户是个村庄,与一切散落在大地上的村庄一样,那是个安详、宁静的去处。"我爸爸说。

百分之九十都是没用的我爷爷和百分之九十都有用的我爸爸向来水火不容,不容到连吵架都没有,只有对彼此的忽略与蔑视。但他们可能是同一个人。

实际上我看到的良户,绝不是简单的、依山势而建的村落。我和得云来到南门,南门才是蟠龙寨的主门,依地势夯土包砖的基座上也是三层门楼,东西端坐,上面一个巨型石匾额书"蟠龙寨"。从残留的地基和残垣断壁来看,南门这里还该有个瓮城，此瓮城规模不小。

是规模很大。得云说。蟠龙寨是个封闭型寨堡，寨堡里是以侍郎府为中心的明清建筑群，侍郎府是田逢吉的宅邸。得云说得极不情愿，为此次良户行，他为我查阅了大量有关良户的资料。噘着嘴的得云照本宣科：田逢吉是清朝顺治乙未年进士，初选翰林院，累官至户部侍郎，康熙帝经筵讲官及内阁大学士，曾任翰林主考，调任浙江巡抚。咦，妈，田逢吉是浙江巡抚哎！

继续。我没理会他的惊讶。

得云瞥我一眼，继续给我念资料：适逢耿精忠反叛，田逢吉部署军务为朝廷立功，功德圆满，归乡养老……妈，我怎么觉得，你爷爷从良户到浙江，是在效仿田逢吉啊？

我环顾四周，惊讶于良户的建筑。"与周围的山脉绿地相互掩映相互渗透，恍如人间仙境。"这话不是我爸爸的原创，是我爷爷的，只有他那种百分之九十没用的人才能说出这样的话。但我爷爷说的"恍若仙境"，和我爸理解的不一样。

妈，我和你说话呢，你听没听见？

一直用耳麦堵自己的耳朵却问我听没听见？我爷爷从良户出发到杭州，很难说不是模仿田逢吉，但也很难说就是模仿田逢吉，我和得云不一样，从来不对任何事和任何人下结论。

得云低声说，就知道不该和你一起来。趁我不注意，又瞥我一眼。

我和得云朝侍郎府走。整个村子都是明清建筑，墙太高，显得行走在其中的人很矮小，不由自主就仰起脖子。我们就是这样与唢呐和锣鼓遭遇的，一队人迎面走来。

这是一支迎亲队伍，二位新人走在中间，前面是唢呐和鼓乐，后面是亲戚们抬着的新娘嫁妆。新郎穿一套西装，胸前十字披红，细看过去，那披着的，居然是两条艳红褥面，上面清楚可见一行字——"杭州丝绸"。新娘是穿婚纱的，用手提着巨幅裙围，走得小心翼翼。

唢呐和鼓乐在明清建筑中穿行，那些嫁妆，是梳妆台，液晶电视，组装电脑，双开门电冰箱，全自动洗衣机，微波炉，电磁炉和整套餐具。这是把日子折叠了装在箱子里，行走在未来可见的路上。

这是良户习俗。日子是水，习俗是模具，模具是什么形状，日子就是什么形状。无论是何形状，都是天下通用。我由衷一笑，这，如同愿想。

这就是侍郎府了。

侍郎府有着超出我想象的宏伟和庄严，像是在最小的码头看到一艘万吨级的巨轮。高墙，厚砖，粗木，匠心独用的建筑，所有一切，都是奔着传世去的。这还不是让我和得云都张大嘴的原因。让我和得云张大嘴吃一惊的，是那些无处不在的"三雕"。砖雕、石雕、木雕，应用在照壁、墙体、门楼、门罩、屋脊，一眼看去，无不精美，无不繁华，无不玲珑。俯仰间，栏杆、抱鼓石、窗台、门槛、匾额、梁柱，真是无一处不是。

高墙厚砖和粗木是侍郎府的结构，美轮美奂的"三雕"则是心劲。

可是，精美的、繁华的、玲珑的"三雕"，不能靠近去细看。只要靠近细看就会发现，它们都是破损的，是龙就被剜去眼睛，是鸟就被砍断翅膀，是花就折了花瓣，竟然没有一个完整的。没有。

是人为损毁。我和得云当然都知道这是为什么。时代不会白白走过，总要留下一些手笔供后人反思总结。

可惜了。得云说。

然而更震撼我的，是侍郎府呈现出的色泽。明清的砖石被岁月洗刷，把原本的阴灰色转化成麦黄色，更何况那些原本就向麦黄色靠拢的木头。

这不是麦黄色，这是奢华色，历史文化名村才能有的色。得云说。

出了侍郎府就会发现，说良户是古老的良户，主要表现还在于更多的"三雕"是被损毁的，更多的建筑是坍塌的。那是只有时间和经历才能制造的损毁和坍塌，像木头在火中燃烧，灰烬是它唯一的结局。

行走在古老的良户，我和得云都不太确定此时走的路，到底是秦军铁甲将士踏出来的，还是宋朝为对辽国作战而巩固边境修缮过的，还是明末清初由农民起义军杀出的。良户存放和积攒着一千四百年的岁月嚣叫，这嚣叫浮在石板路上，却又因着良户是个环山抱水的自然村落而无法散发，长期堆积，直到质变成超声。

得云看了我一眼，正是我在看他的时候，这样的对视已经很久没有。因着这一个对视，我和得云就都有了谛听超声波的能力。那是万千时空叠加，万千人马向左边或者是向右边，万千风沙席卷黎明或者黄昏，万千雄壮嘶吼或者万千哀婉恸哭。大量重复与相似被剪裁，只有生死予夺和主要角色被侧重。场景宏大，人物造型各异。

风起，烟灭。

万千行进到最后，无非是归于平静。

得云说资料显示，良户不止是个自然村落，明清时期，当地煤铁林木资源极其丰厚，良户借助中转的地理优势迅速发展起商贸，一时街头店铺商号林立，手工作坊遍布，由此带动的丝绸店、印染店、杂货铺、当铺、榨油坊、木匠店等等百行百业都无比兴隆。这是成就良户的原因之一，就是在此基础上，良户才有能力建筑这么多高大精美的民宅院落，以及众多楼阁寺庙和私塾学堂。

得云的百度体，让我反感。让你准备资料，不是让你背书。我有点不耐烦。

那你又嫌我不和你说话！得云停下脚步，愤愤地看我。

说你自己该说的。我语气强硬。

得云说，说到私塾学堂，大概才真正说到良户的灵魂和本质。良户随处可见私塾和学堂，随处可见匾额石刻，这就是说，商农并重之下，行走和居住在良户的却全是读书人。明清以来，这里走出甚多布政使、知县、举人、生员和秀才，可见田逢吉的侍郎府不能只看作是府邸建筑存在，它还应该是一种为人立世的价值存在。良户虽是村庄，却积极参与着历史进程。

我们去玉虚观。我说。

不，我要先去"烈奏西陲"。得云语气很强硬。

我不说玉虚观，得云或许也没什么明确要去的方向，但因为我说了，他就一定要先看"烈奏西陲"。此时的得云已经不是七八年前的得云，再不说"你一生的不幸"这样蠢的话，但他会用眼睛瞥我，会反对和抵制我的每一句话和每一个决定，会给我起个诨名叫"缺陷妈妈"。我当然知道是指我的性格缺陷，那我也没什么好内疚的，既然说我是"缺陷妈妈"，那我的缺陷就包括不容分说。但我同时也知道，得云并不怕我，我虽然强势，但要伤害到他可没那么容易，从他不说蠢话那天起，他的身体里就住进了灵魂。

"烈奏西陲"是将军府门上的一块匾额。得云还是看着资料给我讲解：将军府始建于明朝万历年间，本是良户田氏所建，清朝道光年间由田氏后人转卖给一位姓龚的将军。这位将军曾立功西陲，故而有了"烈奏西陲"的匾额。道光二十一年，将军对房院重新修葺，并加盖堂楼和大门楼，由于将军有驸马身份，故而门前的一对砂石望天吼与天安门华表上的望天吼一模一样。

我用手抚摸着被时间包浆过的望天吼，砂石材质的望天吼被抚摸太多，已经有了玉一般的通透和光亮。不但这对望天吼，连良户整个村庄，都是被时间打磨和包浆过的。不如此，良户不会有这样的生动与奢华。用一千四百年来积累和打磨，良户的耐心不可估量。

将军府门迎面就是一个巨大照壁，以精美砖雕装饰，正中一个大麒麟，围绕麒麟的是各种祥瑞，概括起来是"攀龙鳞反为冥海深鲲，附凤翼反为曲江仙杏"。

这里的"三雕"是完整的，没有破损！得云大叫。这是个意外，使获得的人万分惊喜。

我回溯到儿童时代。在那里，我坐在小板凳上给一个缺了一只胳膊的塑料娃娃梳理头发，我爷爷在给我讲故事。他说一个少年从挂有"烈奏西陲"匾额的门下走出，门旁一株槐树，树上缠着丁香藤，丁香旁的枸杞盛开了，碎纷纷的小花，站在槐树上的喜鹊挺着黑背白肚，朝着少年说，喳喳，喳喳。少年黑白眼珠一轮，笑了。

这个少年叫二郎，是我爷爷。

后来，姓龚的将军迁居别地，这个院落卖给一户姓张的人家。得云说。他探头往里看,猛然定住,回过头来惊呼,妈,这姓张的人家,就是你爷爷家,你要找的张家奶奶,就住在这个院里,她的名字叫烟霞!

得云的眼睛,很明亮,里面充满惊喜。

五　神灵庇护

一九四九年,我们家里的房院被村民们分了,李国强对我说。

我坐在一把交椅上,李国强则坐在我对面,很认真地擦洗钢精锅被烟熏黑的锅底子,他背后是用碎砖头垒就的一个鸡窝,上面贴着一副对联,左边写的是"无风不动动有风",右边写的是"有风不动无风动"。

对联不错,但字写得过于拙朴了些。李国强听我这样说,哈哈大笑,说,你倒不怕得罪我,对联不是我编的,但那上面的字是我写的。李国强居住的是一个四合院,明清时期的房子,有着没落的辉煌和残败的华贵,东厢房已经倒塌,鸡窝就是用倒塌了的砖垒成的,属明清材料,现代工艺。西厢房坚固一些,看样子是做厨房用,窗户门都烟熏火燎的,与正房相对的南房塌了半边门脸,打了个水泥柱子支撑着。饶是如此,还是随处可见精美繁华的砖雕、木雕和石雕。细看去,不出意外,没有一件是完整的,全部都有损毁。

好可惜。得云说。

李国强看得云一眼,说,那你还是看得不多,看多了,你就不这么说了。

得云还是连声说好可惜好可惜。李国强双手乌黑地擦着锅底,再次抬起眼看看得云,说,因为它过的大年太多了。

得云一时接不上话。

一九四九年,村民们从我家搬东西,从天明搬到天黑都没搬完呢。李国强一边擦着锅底一边说,倒也不失一种过大年多了的白云苍狗。李国强说,被赶出来后,我爷爷怕我爹饿死,逼我爹学炉匠,光学徒就四年。我爹是个读书人,突然改行做炉匠,到底是没学成,养活我们一家人连个半肚子饱都不能够。

你也是个读书人啊,我说。李国强一笑,说,好好的你骂我干什么,我哪里就读书人了?

你会写毛笔字,差不到哪里去。我指指鸡窝上的对联。李国强说,嗨,写个毛笔字那不是正常事嘛,良户人人人会写,家家的对联都是自己写。

读书和写字,这是良户人的灵魂和本质。这句话是得云说的。我顺势看了得云一眼。

这时段宏伟进来了,把手里的东西朝李国强一晃,问,你要的是这个?

段宏伟手里的东西是张八寸彩色照片。李国强探过头一看,说,叫你拿老姑奶奶的照片,你拿个表姑奶奶的照片做啥?段宏伟说,这不是拿出来叫你看么,家里只有表姑奶奶的照片没有老姑奶奶的。

表姑奶奶是谁啊?我看照片,照片上一个老妇也凝着目光朝我看。

段宏伟说,表姑奶奶是小糊,一个残疾人,活下个大岁数,八十九。你要早些年来,兴许还能见到她。

小糊?

我抢过照片仔仔细细看。这是张标准彩色照,白底,人物表情严肃又凝重，眼袋下垂，嘴微张，欲言又止的样子。照片左下方四十度倾斜写一行小字"七十八岁留影"。七十八岁距离八十九岁，还差十一年。

你是说，这是小糊？我问得胆战心惊。

段宏伟说，是啊小糊，是我老姑奶奶的表妹，我叫她表姑奶奶。十三岁那年发高烧，高烧好了以后腿就残疾，是小儿麻痹症。

在我爷爷的故事里，小糊出现在清明节，十三岁，没有残疾。这就是说，那年清明节之后，小糊就发高烧，残疾了？

对，是十三岁那一年。

那你是？

段宏伟说，我是油坊段掌柜的后人啊。

我早该想到的。那你老姑奶奶呢？我问得更加胆战心惊。

我老姑奶奶叫烟霞，没活下个大岁数，五十八，早死了。段宏伟说。

有照片吗？我和得云同时问。

我这不是说了嘛，家里就这么一张照片。段宏伟朝我和得云摊摊手。

李国强终于擦完锅底，站起来用肩膀头蹭了蹭脑门上的痒，走到水龙头前打肥皂把两只手上的乌黑洗干净，说，坐下说吧。

一张很吃年代的八仙桌，想不出在时间里有多少人围坐过，圆面铁腿凳却是市场上最常见的便宜货。李国强端出茶盘，给我们一一倒满。茶是砖茶，茶梗很粗，茶汤发黑，看着非常强硬。院子里扎着一圈篱笆，篱笆里种各色蔬菜，打碗碗花儿缠绕着篱笆开得正凶。一条土狗卧在梨树下，一左一右耸动眉骨。李国强问，你是说你在杭州的玩具厂上班？我说是，再有几年要退休了。李国强问,你退休几级工资呀?是处级还是科级?我说没级,那就是个福利企业,计件工,干多挣多干少挣少。李国强说,不是国营单位啊?那你父亲呢,他退休前在什么单位?我说面粉厂,顶我爷爷班去的,那倒是个国营单位,但早倒了。李国强说,哦,那也就是说你爷爷在杭州,是在面粉厂上班。是个当官的吧?李国强补充一问。

我说,不是,普通工人。

李国强很惊讶,他倒不是看不起我爷爷,是我提供的信息与他掌握的不大对等。他说,那不应该呀,都说你爷爷在杭州做大官呢。想了想又说,不值当啊,跑那么大老远当个工人,留在山西起码是个大学教授。

段宏伟把茶碗递到他手里,说,你怎么知道就一定是个大学教授?李国强说,我爷爷说的啊,我爷爷经常拿这个对比我爹呢,说书读好了也能像二郎,去大学当教授。

李国强的爷爷是贵德,在我爷爷的故事里,他是酿醋张掌柜家的长工,后来娶了张掌柜的闺女春桃子。

段宏伟说,你还好意思说,你爷爷那是霸占了我老姑奶奶的家业。

李国强一听这话就站起来了,说,什么叫霸占你老姑奶奶家的家业啊?那张掌柜两个儿,夭折了大郎又跑了二郎,还不是我爷爷一肩扛起他们张家啊。段宏伟给自己碗里续茶,说,那怎么你爷爷对张掌柜不好呢?李国强说,哪里不好了,你见来?段宏伟说,我还用见?老人们传下来的话,说你爷爷得了张掌柜的家财却对张掌柜不好,张掌柜硬是被你爷爷欺负死的。

李国强把茶碗咚在桌子上说,放你娘的屁,这茶你能喝喝不能喝滚。哪个老人传下来的话?不就是你表姑奶奶么,除了她没别人。你那表姑奶奶心眼多得像蜂窝煤，越活越像老精怪，难怪要残疾，还就得老天爷出手收拾她。

李国强真恼了，段宏伟反倒笑了，说，老几辈人的事哪是你我说得清的？喝你娘的茶吧。

你爷爷还对你说什么了，关于我爷爷的？我问李国强。我爷爷讲过的故事里，贵德和春桃子，一个十九岁，一个十五岁，贵德娶了春桃子。怎么？后来的贵德，对张掌柜不好吗？

李国强坐下来，拿脸对着我，拿脊背对着段宏伟，说，和你说这些事简直像是在捣古。段宏伟笑着说，那你就给我们捣捣这个古。李国强转过脸去瞥了他一眼，转过脸对我说，你爷爷二郎，娶个媳妇叫烟霞，入洞房没到第十天，跑了。

跑——了？那是什么意思？我和得云同时问。

李国强说，跑了就是走了，没人知道他去哪儿了。

段宏伟说，这不是说了吗，去杭州了。段宏伟用下巴指指我。

李国强说，我爷爷说二郎是个读书人，注定良户放不下他，张掌柜想用个媳妇拴住他，还是拴不住。我爷爷说，自古以来良户的读书人都是要走出去争功名的，争了功名才好返回来封妻荫子建筑高房大舍。

我老姑奶奶就是相信这话，才傻等了一辈子。段宏伟说。

什么叫信了这话？这话本来就是你老姑奶奶说下的。你老姑奶奶等一辈子还不是想等个诰命夫人？李国强瞪着眼说。

李国强一瞪眼，段宏伟就笑，说，反正后来张掌柜的将军府是你爷爷占着。李国强说，那我爷爷还入赘改姓张了呢。一口喝了碗里的茶，把茶碗咚在桌子上。段宏伟笑，再给李国强续茶，说，改姓了张那你为啥叫李国强？李国强说，那将军府

良户

029

现在又不是我的，要还给我我还把姓改回张。

段宏伟说，要不是烟霞，哪里还有将军府啊。

橘色大猫从梨树上跳下来，如一溜黄水从树上泼下来一般，土狗被吓一跳，站起来骂一声汪汪。鸡群回来了，一看院里有人，停下队伍，咕咕叫。太阳已经往西偏下去，篱笆里新结的西葫芦散发着涩涩的植物味道。

从李国强家告辞出来，走在良户石板路上，段宏伟问我，你爷爷真的只是个面粉厂的工人？我说是。段宏伟又问，你胳膊是咋回事？段宏伟用下巴指指我只有半截的左胳膊。

得云说，我去个卫生间。

得云说的卫生间，其实应该叫茅房。看着他走远，我对段宏伟说，小时候我帮家里洗鱼，不小心被鱼的牙齿扎了手，后来感染，只能截肢。

段宏伟问，疼不疼？

很多人都问过我疼不疼，但都没有身处良户的这一问让我如此明白，原来这是委屈。

段宏伟又问，你男人呢？这一问，太阳正在西沉，大半个天空都是火红的霞，人间都被镀了金。

我们离婚了。

为啥？段宏伟的八卦心一点不浅。

我说，他说我像锤子。

锤子？段宏伟上上下下看我，问，他拿哪只眼睛看到锤子的？你明明是个漂亮女人嘛。

从没被人这么直白地夸奖过，我都不知道是该哭还是该笑了。段宏伟当然不想惹我哭，用下巴指指走回来的得云，问，你儿子多大了？

十八，我说，刚刚高考完。

段宏伟说，多好的年纪啊，考好了吧？我说，还行吧，等学校通知呢。段宏伟不问考得怎么样，而是问考好了吧。也从没被人这样提问过，我想我还是笑了吧。

得云离我越来越近，他身后是个教堂，在夕阳下、晚霞前，金碧辉煌，正前方悬挂着一块匾额，黄色底子，左面写"以马内利"，右面写"哈利路亚"，中间一个红十字，十字上面写着大大一个"爱"字。

你们这里还有教堂啊？我说。

可不，良户是神灵庇护下的良户呢。段宏伟说，岂止是教堂，玉虚观、大王庙、观音堂、黄王宫、文武庙，你就问我们良户什么没有吧。段宏伟在火红的晚霞下笑，是黄土高坡那种敦实与可以亲近。我说，我想问张家奶奶烟霞，你为什么说没有烟霞将军府就没了？

段宏伟说，那一年，良户的好东西全都被损毁，谁家都不能幸免。其实，按计划最先要"砸坏"的是将军府。那一天，很多人冲进将军府。张家已经没人了，张掌柜已经故去，贵德一家被扫地出门。谁能想到呢，我老姑奶奶烟霞站出来了，谁要动将军府她就和谁拼命。段宏伟挠挠后脑勺说，也不对，烟霞也不是要和谁拼命，烟霞是和那么多人说理，说了好几天，最后烟霞说赢了。

段宏伟看天边太阳西沉下去后满天的红霞，眼光一时散漫出去，驰骋了很远。好一阵才又说，我老姑奶奶命不好，嫁给二郎，没出十天二郎就跑了，家产又被贵德占了去。

贵德真的对张掌柜不好？

张掌柜后来糊涂了，老往外跑，记不得自己是谁，也不知道自己是哪里人，贵德就把他锁在驴圈里不让出门，说是怕走丢了。以后张掌柜吃喝睡都在驴圈，饭从门底下往里送。驴圈里有一个瓮，张掌柜屙屎拉尿都在瓮里。当然，这都是听老人们说的，毕竟是老几辈的事，好不好的谁也没有真见过。

我一时说不上话来。我爷爷的故事里有贵德，十九岁，精明能干，娶了他的妹妹春桃子。我想我爷爷对贵德是有感情有寄望的。

春桃子呢？我急切着问。

难产，死了。就是生李国强的爹生死的。

后来呢？

段宏伟说，后来贵德娶了个河南逃荒来的女人。那时候，烟霞已经被挤到后园子去住，她一天不改嫁，贵德一天不能把她撵出去。张掌柜死后，贵德索性连粮也不给烟霞了。不过啊，没把烟霞撵出去还闹对了，关键时刻烟霞把将军府给保住了，这在良户是一段佳话，说将军府是文官创建，武将重修，平民护佑。你现在去看，良户只有将军府是囫囵的，没受过半点损坏，那就是烟霞的功劳。

烟霞真厉害。得云由衷夸赞一句。

段宏伟摇摇头说，可着这良户，只有将军府和烟霞老姑奶奶是完整的、没有破损的了。

什么意思？我和得云都看段宏伟。

她到死都是处子身，二郎就没有动过她。段宏伟说。

诧异把我的眼目耳鼻都撑大。完整的？我爷爷的故事里没有这一句。

段宏伟说，我小时候见过烟霞老姑奶奶，个子挺高，细长眼，嘴老是抿着，夏天穿一件月白色偏襟衫子，冬天穿一件鼠灰色皮毛坎肩，每天都坐在玉虚观的石头基座上看天，一天不误。

看天？

嗯，看天。段宏伟说。

我们一起举头看天，天正在失火，青天一半，红光一半。

六　梅花鹿

玉虚观在良户村东南角，金大定十八年创建。

我再也想不到，玉虚观的砂岩须弥基座，是麦黄色。它造型粗犷古朴，上面被岁月风化和剥蚀的雕刻，依稀还能分辨出代表富贵的牡丹、代表吉祥的如意、代表绵延不绝的莲花鲤鱼。那该是俗世人间最顽强的愿想了，最初它肯定是太用力了，以至在穿行岁月的今天看来还历历在目。

不但砂岩基座是麦黄色，连玉虚观的门窗也是。那是极为罕见的明间和两次间并列的三座壶门，是圆弧形拱顶，顶部凸起造型，左右稍间为直棂窗。每一个壶门都钉着五排十二列门钉，即使已经残缺遗失但位置都在。门钉加固着壶门，是最实用的门神，而且只守护壶门本身。我不知道这门钉是后来钉上去的还是一直就有的，包括一拃厚的门板都是，我不知道，但我的耳朵里居然起了钉钉声，钉钉，钉钉。

妈，你看。

得云把手机递给我。手机屏幕上，是得云拍下的玉虚观全景。

照片里，玉虚观的砂岩须弥基座，以及没有涂任何颜色、来自金代的建筑材料全部都呈现麦黄色。而且，手机里的玉虚观和眼睛里看到的不大一样,仿佛各有各的理解。然而,得云做了一个神奇的动作,他把手机旋转180°,说,妈你再看。180°之后,那三个壶门变成了三滴欲要下垂的泪珠,麦黄色砂岩基座朝了天,似脊背,顶上的琉璃瓦垄似鱼腹鳍,天空似大海,整座玉虚观是一条游在海里的鱼,悬挂着悲伤的眼泪。

妈,你再抬头看。

我抬起头,看到玉虚观巨大的椽檩斗拱,它的出檐很深,梁架粗大而规整。

不是,妈你往后站,往后。

我往后走几步,再往后走几步,转过身,举头看。哦,我看到了,那是琉璃屋脊,碧绿色,螭吻和脊兽都已缺失,但整个正脊所塑的游龙还有肉眼可见的遒劲和有力。

玉虚观前,琉璃龙头屋脊下,砂岩须弥基座上,坐着一个女孩叫烟霞,她穿月白色偏襟衫子,紧紧抿着嘴,抬起头,用细长的眼睛看着天空。我对烟霞的图像至此终于拼接完成,于是烟霞活生生坐在砂岩须弥基座上与我对视。

我走近烟霞,与她并排而坐。我坐在烟霞身旁,就有一滴水进入玉虚观,接着又是一滴。一滴,一滴,又一滴。水一滴一滴汇合,形成小河,乃至江河,直至成为汪洋大海。海面阔大,海鸟飞翔,巨大的鲸鱼跃出水面,朝着深蓝色天空喷出洁白色水柱。陡然间,大海晃动,海啸怒发,在大海最深处,发生了地壳运动,有山从那地方隆起。地面不断上升,海水逐渐退去,震颤结束,大片沼泽产生,天气也潮湿暖和起来。金色阳光下,水草丰茂,飞鸟与还,一头鹿挂着一身梅花轻巧地飞跨而去。然而山的隆起并未停止,平静祥和的景象还未完全成型,大山就再次凸起,此后海水再次倒灌,以百万年为一个计数单位，循环往复。

烟霞最后是骑着大鱼走了，我俩都伸出手想要拉住彼此，但都没有做到。这人世间是有一种大，可让烟霞聚拢，可让烟霞散去。到最后，只有泪滴才是活过人间的唯一证据。

玉虚观是掖在大地这本巨书里的书签，其上有一头梅花鹿灵敏闪过。

七　汉代石狮

良户最后一站是黄王宫。

黄王宫触目皆为衰败，除门墙和正殿保存还算完整，两边配殿都已坍塌破损，好在院内三两株大树遮蔽出一段悠久风韵，倒比那些经过修葺的更能渗入人心一些。得云说，良户讲述的不是朝代更迭和英雄辈出，而是人与山与水与理想。

得云比我想象的更好。

黄王宫是良户的"三雕"博物馆，到处堆放着残缺和破损的"三雕"。因为破损，这些被赋予美好愿想的砖石瓦块和木头，倒也个个惊鸿一瞥和鸿泥雪爪，让人对它们有了种种猜想。我用右手拉住左胳膊上被风鼓动着猎猎作响的半截空袖，穿行其间，一个挨一个筛检着，企图从中找到什么。

我的确是在找一样东西，那是我的愿想。

这样，我就与一头石狮相遇了。不像狮，有点像人，或者是猴。但还是更像人。过的大年太多，这石狮几乎磨圆了，失去所有棱角，从任何角度任何方位摸上去，都是圆的，并且带着体温一样的暖。是砂岩质地，左膊缺了半个，以右手抱左膊，四方大嘴，眼睛突兀，一脸笑。却原来，只有残缺和破损才是最终的走向，天下万物，概莫能外。博物馆的李老师说，这是汉代石狮，汉代人没见过狮子，所以这石狮是靠想象凿的。

我喜欢这想象。

我蹲下来，与来自汉代的石狮对视片刻，共用一个太阳的我们相逢一笑，然后并排，我把我的空袖管挽在石狮残缺的左膊上。如此一来，我的右手成了石狮的左膊，石狮的右手成了我的左膊，这样我们都是完整的啦。这真是天下绝配。我心情大好，顺着石狮看着的地方看去，那是蔚蓝色天空。我和石狮，中间没有两千年时光隔着，相处融洽。

眼睛一瞥间，我发现伏在草丛中的一块石碑刻。长方形，刻有花纹，周边有破损。我屏住呼吸，我觉着我是找到我要找的东西了。果然，分开蓬草，石碑上赫然三个大字：矢靡它。

拉大锯，扯大锯

1

来自山西雁门县的白淑琴一下飞机就被广东四会的高温天气迎头痛击。是那种又潮又热又闷的天气，人像是关在蒸笼里一样被气煏。明明已经过了大雪了嘛，土诗人们把为雪白头的山都歌咏一遍了，伪摄影师们把大叶杨叶子铺成的黄金大道都拍两遭了，一早一晚凉飕飕，白淑琴都穿羊毛衫羊毛裤了嘛，广东四会却热成这样？怕热的白淑琴有点露馅，脸蛋红通通，两个腋下发出的气味能把她抬起来。雁门县位于晋西北，当地人多为马背民族后裔，身体里顽强保留着胡人基因，都在腋下有味。自古汉家利用山西雁门关天险阻挡马背民族的铁蹄与弯刀快箭，却也在征战中完成了民族大融合，交换了彼此的DNA。

散发马背民族气息的白淑琴其实早看见来接机的郭志鹏了，郭志鹏挤在接机人群里，晃着长脖子四处张望，手里还举个大牌子，牌子上是坦荡荡三个大字：白淑琴。白淑琴看一眼就没什么好气，躲过郭志鹏，招手叫个出租车直接绝尘而去。

第一次见郭志鹏是去年夏天的事。李卉大方地介绍，这是我男朋友，叫郭志鹏，四川泸州人，和我一个公司上班，我们都在四会珠宝市场做淘宝主播，我俩打算领证结婚。白淑琴脑瓜子嗡嗡的，原以为李卉在四会工作不过是图新鲜，吃不了苦受不了罪她自然会回来，没想到却在四会找了个对象，还是个四川人。你哪怕就地找个四会的呢？

我为什么要找四会的？李卉翻着白眼仁冲白淑琴嚷嚷。

好有个照应啊，起码有婆婆公公吧，再有个小姑小叔什么的。

我要这些干什么？

干什么？你生个小孩婆婆公公能照管，你万一受人欺负小姑小叔好替你出头啊。

李卉说，你想得挺远哈。

人无远虑必有近忧。白淑琴说。又问郭志鹏，你想好了吗？将来在哪儿安家？四会还是泸州？你在泸州有房吗？

郭志鹏没回答在泸州有没有房，却说，我和李卉我们两个在四会发展挺好的，将来就在四会买房安家。

将来？白淑琴看看郭志鹏，大奔儿头，还是前后的，一双眼睛青青白白，一双大手干干净净，穷得不能再明显了。

李卉直嚷嚷，都什么时代了还说什么穷不穷，你没听说过一句话吗，莫欺少年穷，再说了四会是个很有发展前途的城市。

四会是个很有发展前途的城市和你俩有什么关系？白淑琴用手指敲着桌子说，无论什么时代，结婚都得有房住。

李卉说，我俩就喜欢睡马路你说巧不巧。

按照李卉发给白淑琴的位置，白淑琴毫不费力就找到了李卉住的地方。不出白淑琴意料，这是个老旧小区，道路坑坑洼洼，四处都是破绽，白墙体的下半截被积年雨水渍黄成风干了的水粉画，黑漆与金粉刷过的铁栅栏斑驳成乱麻，门后一个坐在轮椅里的老太太，头白脸瘦演鬼都不用再化装。不独这个老太太，整个小区都让人想起鬼故事，李卉租的屋子在幽深楼道的最里面，脑袋顶上的感应灯想感应才感应不想感应就不感应，明明暗暗忽闪如鬼。

也只配住这里了。

李卉开门一看只有白淑琴就问，郭志鹏呢？他没去机场接你?

李卉生了孩子还不到十天,一点不像坐月子,紧身衣裤高梳发辫两只眼睛滴溜溜转,看上去精神矍铄,更像个偷地雷的。李卉冲着白淑琴直嚷嚷,那我该怎样就像个坐月子的呀?蓬头垢面?胡子拉碴?

也不说路途遥远妈你累不累,也不说南北差异妈你热不热,也不说出这么多汗妈你渴不渴,就知道翻着白眼仁瞎嚷嚷,是亲生的无疑了。白淑琴出不上气来。倒不是给气的,真是给热的,李卉这个家南北不通透,一丝风不起,是加了盖的蒸汽锅。

妈你没给我带小米呀?白淑琴只挎一个黑皮包,这让李卉起了怀疑,那些在微信里要的东西敢情白淑琴一样没带来啊。白淑琴一眼找到卫生间,理都没理李卉,一头扎进去。

换下毛衣毛裤洗干净腋下的白淑琴从卫生间出来清爽了许多,郭志鹏也回来了,见了白淑琴就堆一脸笑直喊妈,说,妈你累了吧,热吧,我给你凉了冰糖橘子水,放在茶几上你先喝一口,我这就去给你做饭。

这就是郭志鹏的好处了,比李卉强多了,脑瓜子好使吧嘴还甜,吃粥都不用撒白糖。当初同意他俩领证也是看出来了,郭志鹏学校没白上书没白读,人虽然穷得比较具体,但够活泛。白淑琴喜欢活泛人。话又说回来,像李卉这种只会翻着白眼仁直嚷嚷的,能找个郭志鹏就算很好了,毕竟嫁李卉等于嫁祸于人,不好条件太高。

白淑琴一眼不看李卉和郭志鹏,径直去卧室看小宝宝了。妈呀这个亲哎,来让姥娘抱。白淑琴一把就把宝宝抱在怀里。宝宝出生十来天,丑得驴一样,但凡也不睁眼,睁眼就是哭。宝宝从医院回来第三天就又返回医院了,因为黄疸太高。退了黄疸马上又进医院了，因为肺炎。这是在医院输三天液又回来的。出生没十天的宝宝已然是个三进三出医院的老油条了，这把李卉和郭志鹏给愁得，看天都不蓝了，这才把白淑琴召来四会。

宝宝正打着铜锣哭，被白淑琴这么一抱，不哭了，在襁褓里来回扭，好像还笑了一下，驴丑驴丑的。这是宝宝自出生以来第一次安静超过三分钟。像是把李卉和郭志鹏一下就从水深火热里拔出来。白淑琴看着宝宝，说，我们宝宝真是乖，一看就是姥娘的宝贝亲。宝贝亲呼应白淑琴，又是伸胳膊又是抻腿儿，还对着白淑琴挤眉弄眼，就差开口说话了。

郭志鹏哭了，我的个祖宗啊你可终于不哭了，生生抹了一把泪说，妈我这就去给你煲个汤。李卉则把自己一家伙摔在床铺上，说，妈呀我可终于能睡一会儿了。

来自山西雁门县的李卉嫁给四川泸州的郭志鹏住在广东四会一个充满鬼故事的老旧小区里，这是什么境界？简直是史诗级的民族大融合和地域大迁徙啊，怎么，你是带着使命降生的啊？夜晚睡下，白淑琴一边用脚踢李卉一边骂。家里就一张床，倒不是买不起床，是这个家就只有放一张床的地儿，白淑琴来了郭志鹏就只能在客厅打地铺。白淑琴在黑夜里悄声骂，山西放不下你了你来这儿？李卉一边躲白淑琴的无影脚一边争辩，说，趁年轻闯一闯嘛，我要说没到过北上广都不算活过人你同意不？白淑琴骂，你家北上广里有四会啊？李卉说，这不是兜兜转转之后在四会找到工作了嘛。

第三天，白淑琴算是彻底明白李卉的工作了。

一大早李卉就美甲，把十根指甲各加长一寸，在上面又是涂色又是镶钻，一看就是不想好好坐月子。客厅里郭志鹏支起手机架打亮灯,让李卉坐在一张阔大桌子前的一把黑皮椅上。李卉竖起手指对着白淑琴"嘘"一声,强调尤其不要宝宝哭出声。李卉这是在淘宝上直播卖翡翠。郭志鹏拎一个大包,不停从包里掏出翡翠给李卉,李卉呢,就不停介绍拿在手里的翡翠。那些翡翠有山水牌,有生肖牌,也有观音也有弥勒,最多的还是平安扣和如意豆。价格也是从上千上万到十块八块不等。李卉直播,郭志鹏做助理,都是手嘴不停,到整点还要互动点赞送福利。李卉不停地说,一句接一句地说,说翡翠的特点性能,也说翡翠的造型寓意,说翡翠的来历与发展,说本主播的优势和翡翠价格的优势。李卉和郭志鹏都不出镜,镜头里只有李卉的手,手里不停换各种翡翠。别说,翡翠配美甲,很是夺目。

一次直播,五个小时。白淑琴有点看不下去了,这生了小孩才十来天,不该坐月子吗?

李卉下了直播说,妈,我这一次直播有多少人在围观,成交额是多少你知道吗?这我还不是金牌主播呢,我们金牌主播的成交额能把你吓死。白淑琴没被吓死但气得够呛,显然,李卉对坐月子一无所知,一个女人坐不好月子对身体的损伤五个小时未必能说完。

郭志鹏满脸堆笑忙解释,说,妈李卉也不是天天这样,一个礼拜也就播一次,按规定直播只能在公司直播间里,是我费了很大周折,才争取下来在家里播的,这已经是天大的面子了,也是公司里开天辟地第一个。

郭志鹏还说,本来是每天一播,播一次五小时,我好说歹说争取到一个礼拜一次,李卉毕竟也是在非常时期嘛。

郭志鹏还说,妈你是不知道,直播一次了不得,基本工资外我们按交易额抽成,没有抽成光靠工资不可想象。

郭志鹏是真能说，但白淑琴肯定不想给他写感谢信，只想一掌劈死他。白淑琴最多养了个闺女，可不是养了个钢铁侠。

李卉说，妈你也不看看，郭志鹏多不容易啊，一天只能睡四五个小时。他也是主播，一天播六个小时呢，一天啊。你以为主播那么容易呢？他是自己找货主，直播六个小时但找货主找货源他得付出两个六小时，这么辛苦就是想做金牌主播。他只有保证货源保证质量保证少退货，才有可能成金牌主播。

李卉还说激动了，冲着白淑琴直嚷嚷，我们容易吗？租房子多少钱啊？生小孩住院多少钱？孩子生病进一次医院又得多少钱？从家到医院又得多少钱？买一罐奶粉多少钱？从哪里找钱出来？不得靠直播啊？

李卉说，我要是长时间不直播，我就没粉丝了你知道吗？我一次直播围观人数十万加，互动人数七八千，是我努力积累下的啊。断播了这些粉丝就都没有了，我敢断播吗？

李卉和郭志鹏对着白淑琴一顿神说，这白淑琴就算真正知道什么叫主播了，没有一张好嘴你就不能叫主播。白淑琴说，这都是我的错呗？既然这么不容易那就都不要在四会了，都跟我一起回山西！

回山西？干吗？直播卖煤啊？李卉直嚷嚷。

还卖煤，你倒是想。白淑琴说，你们对我大山西简直一无所知，山西早转型了，到处青山绿水哪里有煤？煤是你们随便想卖就能卖的？你当是翡翠呢随便卖？我大山西遍地是黄金就看你能不能找得到，没来四会的山西人也没见谁就饿死个屎的了。

妈你说脏话。李卉冲她翻白眼仁，说，切。

白淑琴说，你切不切的都不如回山西，北上广不包括山西但也肯定不包括四会。

郭志鹏天天变着法做好吃的，倒也不全是为了白淑琴，非常时期的李卉是真需要补身子。李卉奶水少，宝宝吃不饱，郭志鹏建议让宝宝只吃奶粉算了，那样李卉和宝宝都不累，尽管郭志鹏很清楚一罐好奶粉的价格。但白淑琴不同意，根据山西雁门县的传统经验，虽然李卉奶水不够宝宝吃，那也得先尽着奶水吃，不然奶水就真没有了。越不吃越没有。

还是根据山西雁门县的传统经验，李卉没有奶水，白淑琴说全是因为不喝小米粥。哪有女人坐月子不喝小米粥的？

来自四川泸州的郭志鹏，穷是穷得比较彻底一些，但还算肯钻研，除了每天六个小时的直播和两个六小时的找货主和货源，剩下的时间全用在给李卉和白淑琴做饭上了。

但做饭这个事不遗传，得现学。郭志鹏百度了好些食谱和做饭视频。理论知识齐备后在实际操作中受阻，郭志鹏做饭太用力故而手心里老出汗，做出来的饭菜说是川菜吧没川味儿，说是粤菜吧没粤味儿，倒全是手汗味，咽下去升上来的全是绝望。这时候李卉就异常想念山西的小米粥。

李卉的确是在微信里要小米来着，但白淑琴就是不给她带，她都到四会了还要什么小米粥，四会的砂糖橘不好吃吗？茶油鸡不好吃吗？龙湾烧肉和无笃石螺不好吃吗？这些都是李卉当初说下的，当初李卉为了反驳白淑琴，说妈你就知道小米粥，四会好吃的你不能想象。

那么，白淑琴就更不给李卉喝小米粥了。原来不带小米，也是想着要快递，谁还蠢到要随身背五十斤小米到四会？现在不给李卉喝小米粥，就是逼着李卉回山西。事情就是这么个事情，你想喝小米粥你就回山西，你要坚持在四会你就不要喝我们山西的小米粥。

妈你浑蛋！李卉哭着骂。

把李卉弄哭是白淑琴天然的本事，这本事恰好够制伏李卉。要不是这点本事，以李卉的性格她能上天。

但李卉离不开白淑琴。白淑琴一来，首先宝宝不哭了，不用再进医院了，然后李卉自己也能吃饱了。白淑琴随便指点一下郭志鹏，做上来的饭菜就不那么像猪食了。自己也不用偷地雷的一样精神矍铄两眼冒光了，一天也能睡够七八个小时了，奶水好像还多了些呢。白淑琴冷笑，没点本事敢给你当妈？

很有本事的白淑琴却干不过四会。四十多天住下来，单一个气温问题就足够把白淑琴摧毁。什么都不做白坐在那里都出汗，热出一身湿疹来，把白淑琴痒成孙悟空到处乱抓。接着是她马背民族后裔的肠胃，经受不住四会水土的强势洗礼，往卫生间奔跑的速度是百米12秒。然后是郭志鹏做的饭，说妈我给你煲了靓汤你趁热喝，说妈我给你炒个花甲你尝尝鲜，其实没有一样是他能做成的，干看着是一桌菜，但没有一个是能下嘴的。关键郭志鹏没有吃面条的概念。一个山西人你不给她吃面条？那她要怀疑你是不是处心积虑想要饿死她了。此外郭志鹏还不会抱孩子。郭志鹏抱孩子是在举行仪式，拿龙捉虎，庄重又严肃，四肢僵直，如同抱天下重器。别看宝宝小，但宝宝精着呢，只要郭志鹏抱他就又哭又嚷，那顽劣无赖跟李卉有得一比。白淑琴一抱呢，宝宝欢天喜地。白淑琴要敢不抱，那宝宝哭得能把房顶子揭起来。那就白淑琴抱吧，没有好臂膀敢给人当姥娘？这些都不是事，最后把白淑琴逼疯的是四会的一只大蟑螂。

猛然间就狭路相逢了，那蟑螂趴在抽水马桶的水箱上，与半夜起来进卫生间的白淑琴碰了个正着。从来没见过这么大个的蟑螂，油光水滑，这得多好的先天条件才能长这么大个啊。白淑琴后背发凉汗毛倒竖，手不自觉就伸向门后的扫帚。四会的大蟑螂能让你干这个？猛然一展翅膀，找准白淑琴的颜面直扑而来。怎么，四会的蟑螂是会飞的？妈呀——马背民族后裔白淑琴在四会的夜空里喊出了杀死一头母猪的声音。

2

白淑琴抱着宝宝挟天子以令诸侯，李卉和郭志鹏只能暂时放弃在四会创立的基业，乖乖坐回到山西省雁门县城西村家里的沙发上。李卉噘着嘴，一脸不好惹。

虽然如此，但是回来的好处也是显而易见，喝上小米粥的李卉，那些根根竖立的头发逐渐倒伏下来，能把人戳死的尖下巴也趋向平缓，脸上有了红润，奶水也充足起来。

郭志鹏变化也不小，眼白上的红缨红褪去了，一脑袋斑秃也重新长起黑发，手也不出汗了，也不用再煲靓汤了，睡眠充足，像皮球充足了气，打猛了一看，这不就是传说中的男人一枝花吗？四川泸州人果然好面相，或者说山西雁门人李卉果然好眼力。

变化最大的还是宝宝，不驴了，开始有模有样，水漉漉粉嘟嘟，胳膊腿儿像莲藕，小嘴像元宝，一双眼睛黑漆漆，简直人见人爱，抱个大鲤鱼就能上年画。

这是腊月二十三，北方小年。一家人围着大桌子包饺子，只白淑琴一个抱着宝宝在沙发上看电视。宝宝手被拉着，身体跟着节奏晃，无比欢喜，笑了满满一屋子。宝宝除了白淑琴这个姥娘谁都不认嘛。

李卉说，姥娘，我给你带回来的红马甲呢？为什么不穿上？

被李卉称呼姥娘的，是魏仙灵，头发全白、脸色红润，再把红马甲这么一穿，活活一个双枪老太婆，一看就不是什么省油的灯。魏仙灵说我为什么要省油啊，我要省油了谁给你们种小米呀。

白淑琴正逗宝宝笑呢，一听这话就不高兴了，冲着魏仙灵直嚷嚷，妈你还有脸说，我太原住好好的我跑回城西村来，我脑子里有水啊？魏仙灵莞尔一笑说，你也可以不回来。

白淑琴不能不回来。

开始，魏仙灵只是要挟白淑琴，说我这里什么都有但你要不回来拿你就什么都得不到。白淑琴必须得到。魏仙灵的小米、豆子、蔬菜、瓜果都是自己种的，比超市买来的好到不止一百倍。更何况魏仙灵还喂羊喂鸡喂鸭，正宗纯天然纯绿色无污染健康无比。魏仙灵的政策是：好东西有的是，你回来就给你拿，但你不回来肯定不给你送，回还是不回你自己看着办。想叫白淑琴回来魏仙灵有的是办法。凭什么不拿？白淑琴赌着气，噘着嘴一趟一趟回城西村，见什么拿什么；有什么拿什么。白吃白拿谁不愿意啊。

后来是老李，从前年起开始脖子转动不灵活。以为是颈椎病呢，到处找盲人按摩，半年下来，不但脖子不灵活，连两条腿都不灵活了，走路走不成直线，老往一边倒。接着就睡不着觉了，黑夜里拉灭灯，老李的两只眼睛嗖嗖直冒光，那可真是黑夜沉沉盼天亮。然后，潜伏多年的鼻窦炎爆发，脑袋疼不至于疼到撞墙，是把墙装进脑袋里，硬邦邦的，无论按哪个部分都像要触电身亡。

老李这人吧，话是稠了些但心也是真强，为了康复每天暴走三万步，还不耽误每天早晚各一次太极拳24式，野马分鬃白鹤亮翅，左揽雀尾右揽雀尾，一招一式无比认真。又半年下来，老李暴瘦六十斤，脸上的骨头见棱见角，但该去的病痛一样没去。送去医院检查吧，还什么都检查不出来。白淑琴害怕了，从太原跑回雁门县城西村，冲着魏仙灵直嚷嚷，我该怎么办怎么办？

还能怎么办，回来呗。魏仙灵说。

回到雁门县城西村，魏仙灵让老李种地。魏仙灵地不少，种瓜种豆种谷子种糜子种红薯种山药蛋，没有不种的。种地之后的老李，体重上来了，脸上开始有光了，腿脚上也加了力气。照此看来种地竟比太极24式有用得多。老李说自己种下的，吃豆有豆味喝小米有小米味吃个西红柿都有番茄味，这些24式也给不了。

魏仙灵还喂着羊喂着鸡喂着狗，要不是白淑琴拦着，魏仙灵还想喂头猪。妈你怎么想的，猪有多能吃你不知道啊，你喂得过来吗？家有千万，是嘴的不贪，魏仙灵想想也就算了。猪不同羊和鸡，羊主要吃草，鸡呢抓把米足够，猪可是一天三顿哪，一顿吃不上它也不让你。

无论喂什么魏仙灵都不当回事。喂羊从不给羊割草，是给羊脖子下拴根绳儿，拉羊像拉狗一样到处逛。这样的好处是羊不但能吃到草，大多数时候还能吃到菜帮子。魏仙灵给羊拴绳子但从不给狗拴，她喂的狗比鬼精，能听懂人说话，并且从来都是看人下菜碟儿，看到小孩就摇头晃尾以哄骗小孩手里的火腿肠和蛋糕为最终目的，看到穿黑皮夹克的男人就垂下尾巴躲着走，一天到晚笑眯眯，从来不会乱咬人。狗是不咬人但魏仙灵喂的大白公鸡要嘛人，谁要惹着它治下的一群老母鸡，它追着嗛能追出去三里半。

这样喂下的羊肉是正宗枣红色,吃到嘴里有膻气;喂下的鸡能下蛋,把蛋煮熟了有土腥味;喂下的狗欢快极了,跑起来像开往春天的地铁。连魏仙灵地里种下的瓜豆菜,都是吃什么是什么,都保留着来自上古时期的原始味儿。老李说妈你就是一双好手,啥东西经你的手无不欣欣向荣。

老李对着魏仙灵笑,说妈你仙字没白叫我觉着你八成就是黎山老母下凡尘。回到雁门县城西村的老李,在魏仙灵同样不当回事的喂养下,身体一天比一天好,他能不对着魏仙灵笑吗?老李说妈这么多人呢不用你包,你坐着歇会儿去,看看电视听听歌再不然上炕躺会儿去。

老李要这么一说白淑琴就笑了,说老李你不要肉麻,没必要讨好她,我们又不白吃。白淑琴给魏仙灵算账,说我们两口子的退休工资都填补进来了,播种机还有面包车,那不是用钱买回来的呀?它自己能跑到咱院子里呀?这还不说我们老李整个人都填进来了呢,什么账不是我们老李在算啊,是吧爸。

白淑琴要不喊爸,还真以为家里没老白这个人呢。老白耳朵聋而脾气大,一般没人愿意招惹他。耳朵聋的人都奸,你夸他十句他十句听不见,你要骂他一句他正好能听见这一句,听见了他可不让你。老白说播种机怎么了,播种机好着呢,明年开春满地跑。

白淑琴一跟魏仙灵算账,魏仙灵就笑了说怎么,掏俩小钱儿就出汗了?我不说了吗,明年一年就能回本,我那一百多亩的晋谷21是白种的?再说了那钱不是你们两口子自己愿意掏的吗,我稀罕?不行现在我就给你钱。

说着,魏仙灵还真站起来要给白淑琴拿钱。老李忙拦住了,笑着说，妈，你这是干啥呢？怎么一说话就急一说话就急？白淑琴就那样你也不是不知道。再说了，她不也就是说说吗，从来都是有嘴无心。你自己的闺女你自己还不知道啊？妈我今天再说一遍，买播种机和面包车的钱是我自己非要掏的，不让我掏也不行，我出了这个钱我就等于入股了，到明年年底妈你还得给我分红呢。

老李历来话稠，说话就是开闸。魏仙灵和白淑琴同时呵斥：闭嘴。

老白没听见，问，啥？魏仙灵说啥都和你没关系，包你的饺子吧。这句老白也没听见，老白说我要吃韭菜猪肉馅儿的，这怎么都是白菜羊肉馅儿的啊？这句大家都没听见。大家都爱吃羊肉白菜馅儿饺子都不爱吃韭菜猪肉馅儿的。

老白没有老李话稠。老白话也不是不稠是很不稠，在家基本不说话。反正说了也不算。不说话再加上耳朵聋，老李怕他成哑巴，就捡着话和老白说，爸啊种地的好处原来这么多，早知道我当初就不考学校了就种地。这句老白一下就听见了，笑了说，那当然，你上个学三年毕业了、五年毕业了，但种个地你试试，一辈子都毕不了业。

老白说，种地才是大学问。

老白说，现在种地和以前不一样，现在全是靠机器。机器种地不能用过去的老办法。就说留苗子，用机器种行距宽，株距近。用手给老李比画，你比如株距是 50 厘米吧，那行距就得是 58 厘米，只有这样光照才能充足，晒不到太阳你就不能高产。

老白说，庄稼是热量、水分和肥料三结合，缺一不可。

老白说，要以晋谷 21 号为主，但小杂粮、黍子、谷子、荞麦、莜麦和高粱，全都种，咱们这里无霜期短又爱旱，全都种的意思,就是一笊篱下去你不捞起个鱼也能捞起个虾。

说到种地老白两眼就发光,也不聋了也不哑了,存在感满满当当。老李看着老白笑,表面看老李是把工资填补进来买了播种机和五菱汽车,但其实更多的机器还是老白的家底,脱粒机扇风机榨油机开沟机撒肥机翻土机旋耕机,老白的雄心壮志就是用机器种地。

不是嫌种地受苦吗,这全是不用受苦的法。老白说。

姥爷,这话不是你原创,原创是我姥娘。李卉说。李卉这句话老白没听见。老白嘀咕说包这么多羊肉白菜馅儿的了什么时候包猪肉韭菜的呀?李卉一边包羊肉白菜馅儿饺子一边笑,说姥娘你看我姥爷,他只听他想听见的。魏仙灵笑,说你爸比你狡猾得多。

晚上回了房间郭志鹏问李卉,你妈他们说的播种机和面包车是怎么回事啊?李卉说,我姥娘种了很多地,需要添置机器。郭志鹏很好奇,问,你姥娘种了很多地?你姥娘能有多少地种啊?李卉说,我姥娘本身没多少地,是村里人不种的地我姥娘都揽过来种了。郭志鹏问,村里人都去哪儿了不种地?李卉说,我也不知道究竟去哪儿了,大概都去四会了吧。郭志鹏扑哧一笑,衣服脱了要去卫生间洗澡,说我只是没想到你姥娘家居住条件这么好,跟我想象里的山西简直不是一个山西。李卉毛衣脱到一半停下来,问,你想象里的山西是什么样?

白淑琴房间里,宝宝在白淑琴和老李中间手舞足蹈咿咿呀呀。老李说,你让宝宝跟着李卉睡嘛,你老是这样霸着宝宝,将来宝宝和李卉生分。白淑琴说,我正是这个意思,李卉死娃子一直和我生分,我就是要她知道知道什么叫生分使人伤心。老李说,何苦呢都是亲骨肉,再说了,照顾宝宝你不累啊?你倒好，宝宝也替人家照顾了人家也不说你好，和你妈一个样。你妈在你这里就不落一点好。白淑琴我发现你妈和你和李卉不愧是亲母女仨，不但长得像连翻起白眼仁都一样一样的。

白淑琴说那你是没见过我姥娘，我和我姥娘那才叫一个像。老李说，你就是只和你姥娘亲不和你妈亲才惹你妈不高兴的。但凡你和你妈亲一些，你妈都不能和你生分。再说了，我看你妈也不是不亲你，而是很亲你，只是亲的方式不恰当，你也是从来不会好好和你妈说话，一说话就嚷嚷一说话就嚷嚷，她怎么说都是你妈，你就不能和她好好说话吗？你有那么一个妈别人羡慕还羡慕不来呢。喂，白淑琴，喂白淑琴你这人怎么老这样。我这还说着话呢你就睡着了，从来不把我的话听完。老李深深叹口气，给睡着了的宝宝和睡着了的白淑琴都盖好被子，这才关了灯。

魏仙灵房间里，老白一脱衣服就把脊背给了魏仙灵。魏仙灵无比不愿意但还是只能给老白挠背，毕竟这是一辈子惯下的，她要不给老白挠背，老白嘴能噘三尺高，相比之下李卉那种噘嘴简直不算噘。魏仙灵说，快过年了要把白楚汉接到家里住。老白说白豆腐要放在锅里焐？魏仙灵说张滨书记明天回太原，临走前要来看你。老白说张滨要去临县贩梨？贩什么梨？他不在咱村当第一书记了？魏仙灵在老白背后狠命挠了几下，说个死老汉睡你娘的吧聋死你算了。这句老白听见了，满脸不高兴说你也赶紧睡你娘的吧。

3

大年初三，魏祥国来城西村看望魏仙灵，被挡在村口。疫情突然降临,各方都如临大敌,有口罩有消毒液也不行,不让进就是不让进。魏祥国给魏仙灵打电话说,姐啊,我被挡住了进不去,东西我给你放村口了,你派个人出来拿。

白楚汉到村口取回东西笑嘻嘻地看李卉。李卉用消毒液把白楚汉和东西一起前后左右都消了毒,这才让白楚汉和东西一起进家。魏仙灵说给我打开,看看魏祥国都给我带什么礼物了。箱子打开,里面是马奶酒两瓶,香烟两条,固阳燕麦一袋,大蒜一袋,胡油一桶,酪蛋子和风干牛肉各一包,奶粉杏仁粉各一罐,纯牛奶一提酸牛奶一提,大红色羊毛围巾一条棕黑色羊毛马甲一件。魏仙灵看了笑,说魏祥国早该落叶归根了。

白淑琴接嘴说,也回城西村来干吗,种地?

魏仙灵一笑,说未为不可。

白楚汉笑嘻嘻地把大红围巾往自己脖子里围,被李卉一把夺下,说,一边去,这不是给你的。转头把围巾给魏仙灵围上。真好看,魏仙灵天生适合红。魏仙灵被说得开心,果然到镜子前照,照完了说我们李卉尽说实话。

白楚汉笑嘻嘻,又把羊毛马甲拿来穿。李卉又夺下说,这马甲也不是给你的。魏仙灵说李卉你别老欺负楚汉,这马甲你就是给了你姥爷你姥爷也还是要给楚汉穿身上的。白楚汉穿了马甲,也学魏仙灵到镜子前照,照完了也看着李卉笑。

白楚汉的眼神纯净笑容感人。然后李卉发现果然,她买给姥爷的毛衣穿在白楚汉身上。凭什么呀,李卉直嚷嚷。魏仙灵说是我给他穿的,过年了你们都一身新也让他见见新。魏仙灵朝白楚汉招手说楚汉你过来,告诉二婶你高兴不高兴啊?白楚汉笑嘻嘻,说高兴高兴嘿嘿我高兴。

白楚汉就这一种好,什么时候见他,什么时候高兴。天底下的烦恼都是聪明人的，白楚汉只负责高兴。魏仙灵问楚汉，你想吃什么呀？告诉我，我让他们给你做。白楚汉笑嘻嘻地说，二婶，我想吃大棒骨和油炸糕。这话一说出来全家人都笑。我们楚汉心里有数着哪，知道什么好吃。李卉踢他一脚，说想吃就洗脸去。白楚汉就不高兴了，好好的洗什么脸啊。

大年初八张滨从太原回来了，先来魏仙灵家，主动在门外喷84消毒液，进门摘了口罩喊魏仙灵婶子喊老白老白，说，给你们拜年了。李卉也给张滨拜年，说张叔过年好。张滨看见郭志鹏了就点头微笑打招呼，说这是李卉的女婿吧，叫什么？郭志鹏说叫郭志鹏。张滨笑，说那就是老郭嘛。转身给老李递烟，老李直摆手，说戒了戒了。李卉说，张叔你也戒了吧，抽烟有百害无一利呢。张滨笑说，我一天戒个二百来回，但戒归戒抽归抽。看了看抱着宝宝的白淑琴，终究还是把烟放回去了，说，老白你把老武的地也要过来了？老白听不见。老李替老白说不是把老武的地要过来了，是老武也把地叫我们种了，他们家的地前年就该倒茬了却没倒，去年又撂了一年，今年干脆不想种了。老武那地是坡梁地，连种了三年山药蛋，其实早该撂荒了，但老武伏天没翻土，所以秋天没晒上太阳，到今年墒情不一定能保证。

张滨说没翻土也是有原因的，老武在甘肃打工哪有时间翻。老武是村里的建档立卡户。魏仙灵问，老武在甘肃那边能挣多少？张滨说每月有个四五千。魏仙灵笑，说他四个娃呢？老小今年上小学了？张滨说去年就上一年级了，今年该升二年级。魏仙灵又问老武家大闺女，张滨说上大学了在武汉呢，是个大专学校，上出来就能安排进铁路当乘务员，工资不低。

李卉想起来了，吃惊地问，武慧慧都上大学了？我记着她还是个小孩儿呢。魏仙灵说你都当妈了慧慧可不得上大学。又问张滨说他们家二闺女呢也上大学了？张滨说没呢，在县城上高中，三闺女是初中。魏仙灵说四个孩子也够老武受的。

张滨忽然想起来了，说差点忘了，这是给白楚汉的低保和补助金。说着从怀里掏出几张表让白楚汉签字按手印。白楚汉正蹲在墙角逗招财玩儿，招财一爪子上来差点没抓破他的手。这招财，只偷李卉饼干吃，从来不逮耗子，现在又躲在墙角抓白楚汉的手，无比鸡贼。

魏仙灵说，楚汉过来，给你钱呢。白楚汉站起来笑嘻嘻地走过来，按照张滨的指点在表上签字按手印。白楚汉写在表上的字每一笔拿下来都够当橼用，倒把按上去的手印比得秀气了。

给白楚汉的是现金，白楚汉把钱拿在手里越发笑嘻嘻。魏仙灵说这个好，再有红白事宴人情往来，我们楚汉就很有尊严了。张滨从包里拿出一件大衣和一百块钱，说这一百块钱是我们局长耿国盛给白楚汉的。魏仙灵忙说，衣服是国家给的，我们楚汉收着，钱就不用了，你们耿局长年年给楚汉钱，这不亲不故的楚汉不能要，再说国家给的钱足够。

推了三四个回合，张滨说，婶子，你就让白楚汉收着吧，我们耿局长不是只给白楚汉一个，还给董二心呢。说到董二心，魏仙灵说正好，过完年我们还没去二心家串个门呢，老白快穿衣服，我们一起去。

4

天气逐渐转暖，土地松软如糕，大雁飞回来了，柳枝也柔软起来，老白和老李开始检查播种机和旋耕机，该上油的上油，该紧螺丝的紧螺丝。

老郭一直刷手机屏，疫情相关，去往广东的飞机和火车一直都没有票，这让他的脸往下沉。还不能一直沉，沉一沉就得赶紧往上捞，怕白淑琴看出来，也怕李卉。忧心忡忡和怀有心思该是成熟男人的标识。好在并不闷，四川人在山西，还是处处充满新奇的，何况老李还那么会做四川菜。爸，你这做菜手艺哪儿学的，做什么像什么。老李笑，说一半天生的一半我自己琢磨的。老郭有点感动，想说声谢谢爸，终究是没好意思。男人大多都不好意思。

老白种着一百多亩不到二百亩地。老白一时高兴，说种地才是正经营生呢。都不种地了，粮食从哪儿来？说着回头看老李。老李明白，掰着手指头给老白各种掐，耕地、覆地膜、追肥、播种、人工、机工、汽油、柴油。掐过后老李说，刨除打尽预估收入十几万，并且只能往外不能往里。老白听了直点头。老郭听了有些吃惊。问，咱家种着这么多地？老李说可不，这还不说我们各种机器的收入呢。

正说着话，白楚峰从外面进来了，进门先叫二叔。老白点头，说找你姐夫看看是怎么安排的。老李拿出手机给白楚峰看，说，今天是马家庄的二厚家和老杜家，明天是王寨的明春家和沱阳的康小家，后天、大后天也都有安排了，照着日程走就行，电话号码和地址我发你手机上，你去了联系，他们在地里等你。耕地钱已经发我微信了，你去了只管耕地就行。白楚峰答应着，戴上线手套一步跨就上了旋耕机，点火发动。

老白对老李说，外村一亩地收五十，本村的一定是四十，你闹对了哇？老李说，爸你放心，并且不管本村外村都是按整亩收的，零头全都没要钱。老白点头，对白楚峰说咱这可就忙起来了，不得有闲你明白吧？白楚峰说，二叔放心。又对白楚汉说，哥，上来。白楚汉也是一步跨上旋耕机，坐在副驾驶座上。别看楚汉笑嘻嘻，楚汉有一膀子好力气。老白叮嘱白楚峰一句，照管好楚汉。

旋耕机走远了，老白又问老李，还有咱村那两千多亩的柴胡草药种植地，你安排了吧？可不敢耽误了张滨书记的事。老李说，爸你放心。

远处走来一人，近了一看，是三货。三货见了老白喊老白爷爷，见了老李喊老李叔叔，说，老白爷爷，我来问问明天能不能先给我家耕，装潢队说走就走，我想赶在走前把地种进去。老白听不见，用手指老李。老李说那你早说嘛，不急在这三五天吧。我安排楚峰加个班吧，你们装潢队今年还是去北京？这疫情，我看你们装潢队一时半会走不了，听说北京那边比咱这边严格得多。你妈呢？还在天津做月嫂？过年是不是没回来？不是在天津找下老伴了吧。

三货说，我妈早不做月嫂了，在天津我老姑家替我老姑照看外孙呢，过年想回来但我老姑不放，原说过了年回，这疫情闹得，也回不来了。

李卉见是三货，就接嘴说，让你妈回来干什么，和你媳妇吵嘴啊？李卉这么说，三货就笑了，说，李卉你这到底是嫁了还是没嫁？把你嫁出去是为了往出推嘴哩，你这好，不但自己的嘴没推出去，你还多领回来个吃饭的嘴。李卉说滚。三货就看着老郭笑，说老郭你这娶的不是媳妇是开水锅，一说话全是冒着咕嘟的滚滚滚。李卉一脚踢过去，三货跳着跑开了。跑远了还说，老李叔叔，记得给我排上，钱我发你微信里。

李卉说，老郭，杏花开了，咱俩出去走走吧。

城西村里好景色，天是深蓝色万里无云，城西村的房子都刷成淡黄色，一水儿灰色树脂瓦盖顶，村后高坡处是占地九亩多的钢蓝色光伏板，粉白杏花是家家院里都有的，杂一些水红色桃树花和李子花。颜色使人沉静，说出的每一句话都像是在宣誓。老郭不由得拉住李卉的手。李卉回过头来看老郭。老郭心跳漏了一拍，一时动情，说了一句，其实城西村也不错。李卉拉着老郭的手，笑说你放心，是要回四会的，只是要等到合适的时间。

老郭开着手机直播，把自己和李卉和城西村都拍进手机里。好景色人人都爱，手机屏上的红心一下就飘起来了，关注人数猛往上升。老郭和网友互动说，大家好，我是老郭，别问我为什么就成老郭了，连我自己也不知道。这里是山西雁门县城西村，是我媳妇李卉的姥娘家。我媳妇从小在这个村里长大，很爱这个村子。谢谢你们一直以来对我的关注。往期作品里我隆重推出过姥娘魏仙灵以及姥娘白淑琴，还有你们最喜欢的说是像庞煖大将军的，那是姥爷。也别问我姥爷叫什么，我也不知道，人人都叫他老白。老铁们有什么问题可以留言，我会在今后的直播里为大家一一解答，记得点赞记得关注记得转发和打赏哦。

5

无论白淑琴怎么霸着宝宝，也得给宝宝吃奶的时间。李卉把宝宝抱过来，径直走回自己房间。宝宝一边吃奶一边用手扳自己的脚丫子，冒着鼻涕泡，用黑眼珠骨碌碌地看李卉，一看就没安什么好心。果然，宝宝只吃了两口就开始东张西望，还冲着老郭直飞眼儿。老郭爱得不行,以李卉为掩体和宝宝捉迷藏。这下宝宝就更不老实了,在李卉怀里拧麻花,吃一口扔开了左左右右找老郭,再吃一口又扔开了左左右右找老郭,笑得嘎嘎有声。白淑琴已经开始给宝宝喂鸡蛋黄、苹果泥和米粉糊了,宝宝一点不饿,吃奶只是业余消遣,纯属糊弄。李卉不耐烦了,一巴掌拍在宝宝屁股上说,去你妈的。正合宝宝心意,在李卉怀里各种鲤鱼打挺,和老郭互动得热火朝天。

老郭问李卉,宝宝今晚和我们一起睡?李卉说,让他还找我妈去。老郭说自己的宝宝老是让妈照顾,这样不好吧。李卉一笑说,你懂什么呀,我妈巴不得呢,她以为霸着宝宝是报仇。老郭说,报仇?报什么仇?李卉说,当初我姥娘也这么霸着我,我也是和我姥娘睡大的,直到八岁要上学才回到太原我妈家,你没发现我和我妈不亲吗?老郭说没发现,我倒是发现你妈和你姥娘不怎么亲。

正说着话,老李在门外喊李卉,李卉说,爸你进来吧。老李进来,笑说,宝宝怎么了,笑成这样?我和你妈在那屋听得清清楚楚,给宝宝坎肩穿上,不要凉了肚。李卉说,爸,告诉我妈,今晚宝宝在我这里睡。话音没落白淑琴就进来了,宝宝一见白淑琴就扭挣着两只手只要白淑琴抱。白淑琴一把抱过宝宝说,我的个宝贝亲,你可亲死我了,走我们睡觉去了,我们宝贝亲就只和姥娘睡,是吧?说完了在宝宝脑门上打个唰儿。李卉冲着白淑琴直嚷嚷,妈你别不讲理,今晚宝宝和我一起睡。白淑琴说,我们宝贝亲只和姥娘睡不和大灰狼睡,是吧宝贝亲。理都不理李卉,抱着宝宝径直回自己房间。李卉兀自在背后嚷嚷,谁大灰狼你才大灰狼,你是狼外婆。狼外婆丢过来一句话,说有本事你再生一个。李卉扔回去一句:有本事你自己生一个。

老郭看老李，老李笑，说志鹏早点睡吧，明天姥爷有事情安排你。老郭说，爸你也早点睡，累一天了都。李卉说，爸你就不能管管我妈，既嚣张又跋扈，她以为她是谁？天下第一啊。老李说，在这个家你妈要说是第二，还真没人敢排第一。连你姥娘都让她三分。其实你妈也是一片好心替你照顾宝宝。这样不好吗？省你多少事呢。你要知道你妈照顾宝宝一点不轻松，其实你妈是真亲你，她要不亲你就不会帮你照顾宝宝，那不轻松的可就是你了。再说了，你从小跟着姥娘长大，你妈也没多照顾你，现在替你照顾宝宝不就是在补偿吗，你连这都看不出？还有，你别一说话就嚷嚷，一说话就嚷嚷，和你妈好好说话不好吗？这叫外人看了还以为你们俩关系怎么不好呢。

老李回房间去了，老郭和李卉相视一笑。老郭说，爸这人可真好，相比我爸就不能够，还记得第一次我带你回泸州老家吧，我爸见了你掉头就走。李卉也想起来了，笑问是啊为什么呢？老郭说当时我也奇怪，就追出去问我爸，你猜我爸说什么？我爸说见到我们两个站在一起太高兴了不知道该说什么，只能掉头就走。

两个人都笑。老郭把李卉搂在怀里，说我要有个你这么个爸就好了，性格不会是这样的。李卉说，你性格怎么了？挺好的呀。老郭说，那你是只缘身在此山中，我性格孤僻着呢。我们家穷，我爸我妈忙，从来顾不上我和我弟，我从小就知道一切只能靠自己。李卉说，你考上学校了呀，出来了呀。老郭说对，我要不出来也不能遇到你呀。两人相视而笑。老郭说，我只是想不到，同样是农村，为什么你们这里的农村是这样？李卉问我们的农村是哪样？老郭说是因为种地不挣钱才没人种地，为什么你姥爷说预估一年下来是十几万的收入，还只能往外不能往里？

　　李卉想了想说，农村是一样的农村，我们这里的和你们那里的，是一样。不一样的是你记忆里的和现在的。老郭说也是，在我记忆里没有手机直播，没有整村都是树脂瓦盖顶，也没有光伏板，更没有这么多种地机器。

　　外面传来狗叫声，那是不知谁家的狗在看家护院。有了这声狗叫，窗帘之外的夜反而更加深沉些。李卉枕着老郭的胳膊，老郭看着窗帘处透进来的微光。想起泸州老家是那样一番景色，不似城西村这般，又想起了广东四会是何等人稠而楼高。城西村的夜是一片海，李卉和老郭身下的床是一条船。船在行进，水草纷披，不知今夕何夕，此地何地。一并连这夜连这地球，也是行进着的船，在狗叫声中静谧而急速地前行。真正的速度是看不见的，就像真正的变化；就像真正的声音是听不见的，就像船下的水，把船送前去了，却悄无声息。你回头再看，船在水面犁出的弧痕全是你的记忆和过程。这是唯一不跟着船走的东西，只往下沉积，淤泥一般在其上生出莲藕再长出莲花，仿若佛界莲花池里的莲花，距离越远，越是高妙圣洁，直到不可触摸。船却已然走远。

6

　　魏仙灵在桥头开着一间粮油店，广告招牌六个大字"魏仙灵粮油店"金光闪闪，里面所卖粮油皆是自产自销。尤其招牌小米晋谷21，那简直就是有多少都不够卖。魏仙灵的粮油店生意很不坏，不但小米，连小杂粮和胡麻油也都不够卖，需要预订。魏仙灵会选址，粮油店正开在桥头正中，其左，是铁矿万人生活区，工人来自天南海北，文化程度颇高，工资不低，吃穿讲究；其右是近年来大量涌入外来人口的雁门县城。铁矿生活区和县城是两翼，魏仙灵的粮油店居中是凤凰头，城西村恰如凤凰腹部隐在其后。魏仙灵的粮油就是比市价高一个档，你们不来不去你们家拉你，但你只要来，就会对这里的小米和粮油赞不绝口，胡油有胡油味儿豆面有豆面味儿，尤其晋谷21，色泽金黄，熬出米饭来汤稠味浓，并且称斤只按整数算，零头一概全免。全是庄户人厚道的模样和味道，怎能不爱？

白楚峰的媳妇儿娥娥负责看店，远远看见魏仙灵和李卉手拉手来了，赶忙迎出来说，二婶你来啦。

白楚峰是白楚汉的亲弟弟，娥娥是白楚汉的亲弟媳妇。娥娥好，干活泼辣、身体强壮，脑子快吧，嘴比脑子还要快，在小事上从不吃亏，说出话来四四方方，简直什么都好，但就只一点魏仙灵不喜欢，娥娥对楚汉不怎么好。

娥娥见了魏仙灵就笑，说这疫情闹的，好几天了都没个生意。魏仙灵笑，说，这几天太阳好，屋里反而阴，你多出来晒晒太阳，别老是在店里坐着。咦，白烨呢？出去玩了？白烨哗一下从里间跳出来，说，哈哈，二奶奶我在这儿呢。吓你一跳吧？魏仙灵说，是啊，你可真把我吓一跳，你作业写完了？白烨说，网课才结束，还没写作业呢。娥娥接口说，那还等什么？还不赶紧去写。白烨说，上这么长时间网课了我就不能出来换换眼？娥娥说，你就这样，不好好学习，看我不告诉你爸让你爸捶死你，你还想不想去太原上初中了？白烨说，想。

魏仙灵笑，问娥娥说，决定了白烨初中去太原上？娥娥说，不去不行啊大家都走。

娥娥说，能走的都走了，基本没留下人，你看看今年，县里中考考过六百分的一巴掌就能数过来,我敢不让白烨去太原吗?李卉说去太原了就一定能考六百分?娥娥笑,说上不上六百我不知道,但去太原了肯定下不了三百分,李卉你那时候中考多少分?李卉也笑,说我没上六百分,不过上不上六百分对我都不重要,我妈从来没要求过我什么,好在我也考上大学了。

娥娥对魏仙灵说,二婶我就是愁啊,白烨没太原市户口,去太原了只能上私立,一年连学费带吃喝就是三万七。这还不知道明年是不是又涨价。反正就是这样,去也愁不去也愁,这可正是俗话说的,"白发三千丈,缘愁似个长"了。

白烨说,妈你这不对。"白发三千丈,缘愁似个长"不是俗话,是唐诗。魏仙灵和娥娥都笑,说,我们雁门县是国家级历史文化名城,我们基本都把唐诗当俗话。白烨问,二奶奶你也是从县城中学念出来的?魏仙灵说,不但我,连你二爷爷连你爸还有你妈,还有白淑琴,我们都是县中学念出来的。白烨说,我要是也在县城念中学,那我和二爷爷二奶奶,我爸我妈还有白淑琴,我们就都是校友啦。娥娥劈头打一下,说,白淑琴也是你叫的没大没小。

白烨问,老李呢,也是你们校友?魏仙灵说老李是大同人,是考大学考到太原的。白烨问,白淑琴也是考大学考到太原的?魏仙灵说是啊,不然她凭什么去太原。

李卉问,白烨你长大了想干什么?白烨问,有什么可干的呢?娥娥接口说,可干的多着呢,教师、医生、警察、法官、企业大老板、作家协会副主席,干什么不比种地强啊?白烨说,就只有这些啊?这也太缺乏想象力了。我就不能干索马里海盗、意大利黑手党、好莱坞剧务、FBI间谍?娥娥说我把你个——左左右右找称手的家伙，白烨早笑着跑开了。

娥娥哭穷，但魏仙灵就是不吐口，这个粮油店肯定是要给白楚峰两口子的，但还需要观察。娥娥笑说，二婶，人家老傅又叫楚峰呢，想叫楚峰跟着出去继续干。你说楚峰电工暖气管道焊工啥不会？学下这么多技术不出去了是不是也挺可惜？魏仙灵也笑，说是挺可惜。

和李卉手拉手出了粮油店，魏仙灵问，你看怎么样？李卉说姥娘，微信和支付宝的收款码虽然在那里，但不扫码给现金你就收不到账了。魏仙灵笑，说给现金的毕竟不多，现在很少有人不用手机支付的，我是说娥娥另外的那个收款码。李卉也笑，说姥娘我来给你看店吧，我保证不让你发现我另外还有收款码。魏仙灵笑，说，我倒是想，但只怕你不肯来。你迟早还是要回你北上广的四会去。

晚上白楚峰回家，进门先换鞋洗了手脸后问，又是葱花烙饼和稀饭啊。娥娥说是，还能有什么？白楚峰笑，说也该变变样，不能我喜欢吃葱花烙饼就顿顿葱花烙饼，你也做你喜欢吃的呀。这时候手机响了，白楚峰接电话。接完了电话后笑对娥娥说是表姐打来的，她们家二闺女下月回门，让我们全家都去。娥娥说，她怎么知道你电话号码的？白楚峰笑，说她要想知道她就能知道，整个雁门县能有多大？何况还是亲戚。娥娥说那又得是五百块的礼钱吧。哼一声，说全是些上礼亲戚，不要礼钱还想不起来我们呢。

白楚峰在桌前坐定了问，白烨呢？娥娥喊一声，白烨从房间出来，说，爸你回来了。四处张了张问，我大伯呢？白楚峰说，回他自己那边了。白烨说我去叫大伯过来一起吃饭。娥娥说，不许去。白烨就站定了看白楚峰。白楚峰说，听你妈的，不许去就不要去，过来坐下，开吃。娥娥说，我这一天忙忙得还不够伺候他的呢。白楚峰说，不过多一双筷子的事。说完了赶紧对着娥娥笑。

一家三口吃着饭，白烨说，爸，我哥今天给我来电话了，说他安徽的女朋友稀罕咱山西的醋，想让你给快递过去些。白楚峰说告诉你哥门儿都没有，送他去安徽是上大学不是叫他去搞对象，再来电话你就说我让问的，问他还考不考研？过年家都不回他还有理了。白烨说问过了，我哥说交女朋友和考研不冲突，你才是他最大的冲突。

娥娥说，为什么你哥的电话总是打给你，却从来不给我？想要醋直接打给我嘛，我还缺他点醋？白楚峰说，他哪里是要醋？他是想让我骂他。娥娥说，你也是，亲生儿子跟个仇人似的。

看着娥娥心情还不错，白楚峰就说，我二婶今天来店里了？娥娥说，是呢，和李卉一起。白楚峰问，说什么了？娥娥说，没说什么，闲聊几句。又笑，说，幸亏我把收款码收起来了，不然不好看。白楚峰低下头半晌不说话，再抬起头时白楚峰笑，说，娥娥你看，我二婶这个店有没有可能给了我姐白淑琴？娥娥说，人家白淑琴不过是在咱城西村做客，人太原有家呢，不稀罕这个店。白楚峰又问那你看，有没有可能给李卉？娥娥就笑了，说，那就更不可能了，人李卉连太原也不回会回城西村？白楚峰说，是啊，所以说这个店迟早要给你，你何必闹个自己的收款码？万一惹烦我二婶呢？娥娥笑，说，惹恼了又怎样？白楚峰也笑，说，不怎样，有我呢。但是白楚峰又说了一句，和我姐白淑琴保持好距离，那人向来跋扈。娥娥说，桥归桥路归路，没事我惹她干吗？

又说，我今天还和二婶说呢，我说老傅又叫你。白楚峰笑，说，你说这些做什么？娥娥说，做什么，就是叫二婶知道知道你手艺全着呢，到处都能吃到饭。白楚峰笑，说，去年一年时间养腿我就已经想好了，跟着老傅出去干一年是三几万，和我二叔在家种地不止三几万，我还能守家在地，能照管你们娘母，我为什么要跟着老傅干？娥娥说白烨马上升初中，白桦考研，这都是要钱处，何况白桦马上面临娶媳妇，哎哟这把我愁得啊一天天的。白楚峰说我知道。

白楚峰去年做腿手术，钱是二婶给的。娥娥说，这个钱要还。白楚峰笑，说，二婶的钱我从来不还。我也不是不还，是还不起，我八岁爹下世，十二岁娘改嫁，到十五岁，继父把我和哥打回城西村。是二婶把我和我哥收留，又拿出钱来给我娶媳妇，我怎么还？娥娥说，原来手术钱不用还啊？这把我愁的，你不早说。说完笑，又说，二婶是真好，但要把粮油店给了咱们就更好了，反正迟早是要给的呀。白烨听了这话呼哧一笑，一口小米稀饭喷出来溅了满桌子，被白楚峰踢了一脚说，吃完没有，吃完滚你妈的蛋。

白烨滚回房间去了。白楚峰笑对娥娥说，我有个办法可让你早早拿下二婶的粮油店。娥娥说，快说。白楚峰说，我二婶最牵挂的你觉得是谁？娥娥说，白淑琴不是？白淑琴脑子好使，一个加强排都斗不过她，二婶对她没有什么不放心；李卉也不是，李卉肤白貌美学历高，就算去了北上广也是一流人物。娥娥说，那就只能是不放心你和我了，穷，且笨。

白楚峰一笑，说穷？那要看和谁比了，要是和周围人比、和一起长大的这些人比，我穷从何来？要是比脑子，虽不算快但能占了你我便宜的人恐怕也没几个。这话娥娥爱听，笑了说，那就只能是你哥哥白楚汉了。白楚峰说对嘛，我弟兄俩都是二婶拉扯长大的，是手心和手背。那粮油店给我一半就得给我哥一半。娥娥立刻就明白了，双手托腮说，我要把你哥收留回来了，是不是就等于把粮油店的另一半也给收留回来了？

白楚峰一笑，又说，早一天把粮油店拿到手咱早一天在太原买房。娥娥一惊，在太原买房？咱？白楚峰笑，说，对啊，有什么是咱不敢想的呢？将来白桦回山西呢肯定要在太原买房，不回山西呢，在安徽也得买。咱还有可能去合肥买房呢。

7

魏祥国来了，带着姚香莲。见面大家先互相称呼，魏祥国和姚香莲叫魏仙灵和老白姐姐姐夫；白淑琴和老李叫魏祥国舅舅叫姚香莲妗妗。魏仙灵高兴，把魏祥国和姚香莲让到正中沙发上坐。魏祥国不，非要把姐姐和姐夫放在正中了这才坐下。说，早就想来但来不了，你们村口设卡不让进。现在好了，也不设卡了也能走动了，这疫情是结束了吧。姚香莲笑，说结束不结束的，这一年过了也快半年了。

魏祥国每年都回山西过年，回来了先去繁峙县，那是姚香莲的哥哥家。住到半夏再回城西村找魏仙灵住，等着和魏仙灵一起秋收。魏仙灵问，你们决定了没有，是在雁门县买房还是在繁峙县买？这就不回白云鄂博了吧。

魏祥国笑，说为这事我和姚香莲打了十几年仗，谁也赢不了谁，我要在雁门县买房，她非要在繁峙县买。结果你看，房价从四万涨到四十万还没买成，谁能想到呢，县城的房价也涨这么快。姚香莲说，都怨你。魏祥国说，这怎么都怨我呢，是你抱着钱不放嘛。姚香莲说,一辈子了凭什么都是你说了算?魏祥国说,一辈子了凭什么我的工资都攥在你手里?姚香莲转头对魏仙灵说,姐姐你给评评理,我亲哥哥亲侄子都在繁峙县,我把房买在繁峙县有什么不对?老了老了我就想和我的亲人们守在一起。魏祥国说我祖坟还在雁门县呢,我从二十一岁到白云鄂博,奋斗一辈子了死后就想埋进祖坟里。姚香莲说人都死屎了还管埋在哪里啊?

话不投机半句多。魏祥国和姚香莲都扭转身体用脊背指向对方,谁也不想多理谁。这时老白开口了,问你们决定了没有,到底是在雁门县买房还是在繁峙县买?敢情说那么多他一句没听见。大家都笑。魏祥国大声对姐夫说不买了,我俩就这样跑,多半年在山西少半年在白云,只当旅游。老白问,旅游?去哪旅游?魏祥国说出雁门关过杀虎口经由和林格尔到呼市,再转车包头到白云鄂博。老白说,旅游不如种地。

老郭说太原至包头有飞机啊,说着把手机百度出来的飞机航班给魏祥国看。老郭一直关注飞机票。魏仙灵笑,说,有飞机他也不坐。姚香莲说,对,有飞机他也不坐。

魏仙灵去给魏祥国安排住处。魏祥国问李卉在四会的情况,李卉说四会还是要比山西好一些,无论是经济还是开放程度。老李也说,李卉、老郭两个在四会其实挣得也不少,只是还在原始积累阶段,所以看上去艰难一些。魏祥国赞成李卉,说,人还是要往出走,流动的才是活水,至于艰难,那就是个过程。谁不是从艰难处过来的?当初我去白云的时候也什么都没有。还有你爸你妈,你问问他们初去太原的时候有什么?

白淑琴说,什么都没有,我妈一口袋小米是给了舅舅你呢没给我。白淑琴要这么说,魏祥国和魏仙灵就同时笑,魏祥国说,你看看,这个仇怕是要记一辈子了。那一年白淑琴和魏祥国同时从雁门县出发,一个回太原一个回白云鄂博,魏仙灵只有一口袋小米,没给白淑琴给了魏祥国。

这是白淑琴对魏仙灵一辈子的仇恨。白淑琴说,我怎么不记?一口袋小米能养活一支队伍呢,小米加步枪就能解放全中国。

魏仙灵笑,说她记我仇何止这一点。白淑琴说,就记你就记你。魏祥国笑说,淑琴这你倒也不能全怪你妈,对舅舅好是这个家的传统,当初你姥娘是怎样的你也不是不知道。

气氛忽然就低沉下去,大家都不说话。老白勾着头,魏仙灵抠自己的手。老李想要找补些什么,但终究没有开口。姚香莲用脚尖踢踢魏祥国。魏祥国说,秋收后吧,秋收后我们一起回一趟雁门关,这么多年了,也该回去看看了。

8

今年真是旱,从清明到现在一直没下雨。老李说,再不下就危险了,葵花和胡麻怕是保不住。天气预报说,明后天有雨,不知道能不能有,有的话胡麻还能保住,玉米也还能赶上。白淑琴说,天气预报说下那肯定就会下,天气预报还是有准头的。

又是一年一度老爷会,这一回城西村唱的是京剧。老白问张滨,不是晋剧?张滨说,不是晋剧是京剧,人家省京剧团送戏下乡呢。跟在老白身后的老郭说,姥爷,京剧也好看呢。老白没听见,和张滨一起往村西走,一边走一边嘀咕说只要是杨家戏就行。老郭跟着用手机直播,说,各位朋友大家好,又到了直播时间,上次播了姥爷的专题后大家都说姥爷像庞煖大将军,往地头一站威风凛凛。应广大朋友要求今天再一次主题直播姥爷。姥爷爱看晋剧但似乎也不排斥京剧,今晚演出的京剧剧目是《穆桂英挂帅》,雁门县的人只看杨家戏。

张滨和老白站在大门口喊,接应着出来的是董二心。看见是老白和张滨,董二心就笑说,老哥来啦,张书记来啦,李卉也来啦,快进。进了院子,院子里一棵是杏树另一棵是苹果树,树下种着各种时令蔬菜,用竹片篱笆扎着。一堵低矮花栏墙,上面一溜盆栽花,有月季有玻璃海棠也有吊金钟,在太阳下开得正艳。董二心的老伴拉着一根水管子正浇院,院子被水滋润得越发鲜亮。见是张滨和老白来了,老伴连忙放下水管笑说,快进家。

太阳红艳艳,张滨说,不进家了,在院子里坐坐就行。老伴忙回去找凳子,等拿着凳子出来,老白和张滨早坐在水泥台阶上了。老郭拿着手机直播,摆手不要凳子坐,他手机正对着躲在苹果树荫下的土狗阿黄。

张滨问,二心哥你药吃完没?

董二心是前年查出来的癌,家人也没瞒他,是什么病就按什么病治。在太原住省肿瘤医院按常规做化疗,但效果不好,造成内分泌紊乱,便血厉害,只能遵医嘱出院回家吃药做保守治疗。董二心吃的药一盒三百块,一天四次,两天一盒。老郭听了有些吃惊,把手机镜头对准董二心,问,二心叔这个药这么贵啊。董二心笑,说我医疗报销比是百分之九十二,再加上各种扶贫补助,这药我还吃得起。

老伴从地里拔出几根水萝卜用水管子冲了泥,放在白瓷盘里。老郭的手机镜头对准白瓷盘里的水红萝卜。色彩太过艳丽,直播间一下就炸了,红心飘起来了,点赞一下增加到三十多万。

老郭得意，拿起水萝卜尝一口，咬得脆生生，连声说好吃。网友感觉不到好吃，但艳丽水红色萝卜包裹着如此洁白的细瓤，在太阳照耀下生动无比，新鲜无比，这是很多人从来没有见过的。一时间，直播间飘过很多礼物和打赏，都是冲着新鲜水萝卜去的。

老郭把镜头对准董二心，说，二心叔来出个镜让大家认识认识你。董二心起了童心，对着手机镜头用手比二又比心，老郭说，来二心叔，和大家问个好。董二心果然说，大家好，我是雁门县城西村董二心，这是我的家，我带你们参观参观。也不理老白和张滨了，只对着镜头笑对着镜头说话。老郭打手势称赞董二心。董二心越发得意，说，来，跟我来，这是我家客厅，这是我和老伴的卧室。老郭说，二心叔，网友问你墙上贴着的是什么。董二心说问这个啊，这个是建档立卡图，这个是兜底保障明白卡。老郭说，二心叔，给网友解释解释。董二心指着图上的字念：临时补助金、大病救助补助；低保金和公益性岗位；县政府代缴医疗保险、冬季清洁煤补助；落实土地流转、地力保护补贴；享受金融贴息、代缴养老保险；房顶平改坡改造、厕所改造。董二心指哪儿，老郭手机镜头就拍到哪儿，董二心说，这两张图就是我受过什么样的扶助，一目了然。

老郭说二心叔，网友们都祝福你呢，祝你身体好，早日康复，还给你送花，看到了吧，这些花。董二心看着手机上飘过的花越发高兴，说，我带你们看看我家的市长室。

市长室就是市长在董二心家住过的屋，是间壁起来的另外两间。董二心对着镜头说，我们村是市长包扶村，市长来了就住我家。没想到吧，其实我也想不到，我更想不到的是市长竟然对我的情况很了解。董二心笑，看着镜头，再看看老郭。老郭说，二心叔，介绍介绍。董二心说，你们看，这是桌子这是炕。老郭笑，说，二心叔，介绍市长来家是怎么个情况。董二心说市长来我家住，我高兴极了，和老伴把这屋子打扫了好几遍，桌子是旧了些，但我擦得干净，炕我也烧得热，还有这被褥都浆洗得干净。市长来我家住对我意义重大，我的心力和心劲儿一下就起来了。

老郭给董二心跷大拇指，董二心受鼓舞，对着手机镜头说，不光前一任市长来我家住，现任李市长来了城西村还是住我家。老郭说，介绍介绍。董二心说，桌子擦得干净、炕烧得热。见老郭笑得厉害，又说，城西村是市长包扶村，驻村工作队是市房管局。市房管局自2014年驻村帮扶，驻村第一任第一书记是丁国泰，第二任是员涛，到张滨书记这是第三任。

老郭说，二心叔，不是要你介绍这个。董二心一时也茫然了，问，那你要我介绍哪个？老郭说二心叔，说市长。董二心说市长还要来，来了还要住我家，我时刻准备着。你看我这床单布你看我这窗户纸，你看我这玻璃擦得明不明？我是说我的心，我收拾得多干净，我的心就有多热切。值得，一粥一饭值得，一草一木值得，活在城西村值得。我这样说对不对？

到后天果然一场透雨，天气预报诚不欺我。雨从下午开始，先是激烈暴雨，停了停后转成中雨，中雨又转成小雨，这就拉开架势了，淋淋漓漓直下到晚上还不打算收。雨打在树脂瓦上发出脆响，应和着打在村后坡上钢蓝色光伏板上的咚咚响，宛如京剧常用的锣鼓经，大台乙台、大大大、令太乙台、台台台、才大台大、太。是宏大的立体声效，但想不出这样的过门之后是谁来念白谁来唱，好在一定知道无论出来的是谁，这锣鼓这叫板，是把文武场融为一体的衔接与咬合，是把上空与大地对正在一个槽点上的节拍。雨水滴滴入地。老白说，好雨！

老郭的手机镜头长时间对着雨。李卉给老郭披件衣裳，顺势从后面抱住老郭，问，想什么呢？老郭看着雨，说，我们这个民族其实一直在流动，乡村不是固守一辈子的原点，出走和出发，使得每一个人都变得丰沛、高贵，充满个人色彩。李卉把自己靠在老郭身上，老郭是学传媒的，他有满面笑容，他也有适时的孤独。老郭说，手机直播不是要传播什么或表达什么，是在传播与表达中我能成为什么。诗和远方，其实就是出走和出发。而出走和出发，是对生活最大的反抗。无论我们去向哪里，都是在寻找自我。

李卉把老郭抱得更紧。老郭一直开着手机直播，他握着手机的姿势像极了握着一把上了子弹的枪。老郭把枪瞄准一只鸟，瞄准一条狗，瞄准蓝天上的一朵白云，瞄准新一轮升起的弯月。不知道老郭到底想击落什么。他在忠实记录，把镜头对准田野，对准村庄和村庄里说话走动着的人，他把镜头当镜子，照见他所能或所想照见的每一处。那每一处，都是语言。老郭说，拍手机直播等于写长篇小说。李卉看着老郭说等秋收后吧，秋收后我们就飞四会，带着宝宝一起。

9

正是长庄稼的时候，老郭的手机镜头里，庄稼借着雨长，一夜能拔高一尺。白楚峰对魏仙灵说二婶，联合机那个轴承不用修，换一个比修多花不了多少钱，我上午已经在京东上面下了单，估计明天下午能到货。

白楚峰说，二婶，秋后收割的人已经订下是五个人。

白楚峰说，二婶，粮油店的隔板被溮进来的雨水淹了需要换，我安排小李木匠吧，小李是安徽来的，干活更细致一些。又说，二婶，我想着与其换隔板不如把粮油店重装修一下。魏仙灵听了很高兴也很赞成，说，粮油店也该装修升级了。随后又是一笑，说，前儿我看见娥娥给楚汉拆洗了被褥。白楚峰说是，其实娥娥早说要拆洗，只是一直没时间，不但拆洗了旧的还添置了一床新的。魏仙灵笑，说那我们楚汉不知道要高兴成什么样了。

　　魏仙灵说，好孩子，都是好孩子，你和楚汉还有娥娥你们都是。

　　正说着话，张滨书记进来了，笑说，楚峰在呢，正好我给你和婶带来个好消息。白楚峰连忙给张滨书记让座，笑问，什么好消息啊？张滨说，上次我对你们说的农博会，已经拿到展位，时间在十一月，地址是浙江杭州萧山区。

　　大暑小暑，灌塌老鼠。此后雨水开始密集起来，刚刚还好好的，突然一个炸雷，之后就是一场急雨。急雨之后天上就拱起彩虹，像是已经把谁引渡了一样。也有时候是一半艳阳高照一半大雨滂沱，你就能看出，其实连老天也不是想好了才干，是干的过程中才能想好。想好了就把雨收住，再铺满天红霞，补偿一般。雨水稠密，庄稼和草就跟着稠，一个茂盛一个茂密，都浓绿密实像水在流泻，眼珠一错，整个城西村竟然是水样的，风吹吹就涌动，活了一般，定睛再看，才能确定是静止着不动还是亘古以来的模样。

　　干燥的晋西北开始潮湿，宝宝最先经受不住，害起肚子，一天拉好几次，都是水样。白淑琴和老李，李卉和老郭，都很着急，抱着宝宝跑了好几次县医院。效果不是很理想，白淑琴想要回太原，去省儿童医院找专家。魏仙灵说，好也要有个过程嘛，你等等再观察观察。

随后宝宝果然好一些，但更加不乖，哭闹的时候多，玩耍的时候少，吃饭睡觉都要白淑琴抱。白淑琴又是心疼又是焦躁又是劳累，急吼吼倒把自己瘦下去一圈。李卉说，妈你把宝宝给我，你歇一歇。白淑琴不肯，除了自己她谁都不放心，宝宝的亲妈也不。老李说，孩子嘛就是要生病的，不生病长不出抗体来你急也没用，找专家也没用，你要允许宝宝生病也要给宝宝病好的时间。白淑琴无比不耐烦，怒喝一声，闭嘴。老李说，你就是这样火急火燎，从来不知道什么叫从容。毕竟老李还是闭嘴了，不挑战急躁状态中的白淑琴是老李积累下的宝贵经验，兵者诡道也，老李从来都是个有战术的人。

秋天就是这样，不下雨的时候碧空万里，风稍微吹一吹就能解除潮湿和闷热。这样的日子适合往高处站，临风，风把衣袖和裤腿鼓荡，像是张起远航的帆，足够行进一万里。像是怂恿。这样时刻，晋西北人腋下干燥，而嘴唇多湿润眼睛也分外清凉些，血脉通达，与天与地与草与木与风，与前世今生与古往今来与自己和他人皆能对话，而且恰可辞能达意。要是天际再掠过一头孤愤的鹰效果最好，足够李卉对着拍摄一整天。最为微妙处，是李卉要真能拍一整天，就有网友真能整整看一天，看那孤鹰，悬置于柴米油盐之上，轻盈高邈，如同一晌贪欢。

二周后宝宝果然一天比一天好，玩耍的时候多，哭闹的时候少，也不要白淑琴抱了，自己到处爬，没有他不敢去的地方也没有他不敢伸手去摸的东西。白淑琴跟累了，大声喊我的宝贝亲你慢点，声音里倒全是得意。老李说，你看看，好了吧，早告诉你不要着急不要着急你就是不听，你多学学你妈，你见过她老人家着急吗？白淑琴心情好，笑说倒也是，我妈从来不急，这辈子我就没见她跑过。老李说，对嘛，急也没用。淑琴你想想，李卉小时候也是这样只要姥娘抱。白淑琴说，嗯，照顾宝宝后我开始体验到我妈替我照顾李卉的不容易。老李说对嘛，你那时候性子只怕还要更急一些，只想要你妈来太原住，也不管具体什么情况。

白淑琴说，具体什么情况？具体情况是我从雁门县奋斗到太原市了，我有好工作有好房子我经济能力足够，我要把农村爸妈接到太原住有什么不对？老李说，不是你想怎样就怎样，你想想妈那样一个人可能离开城西村住太原吗？白淑琴说，她什么样的人？老李笑，说你看你到现在还不明白，你自立自强的性格是从哪儿来的？不就是遗传你妈的吗？假若李卉要你把现在的所有都折叠了跟着去四会你去吗？

那肯定是不去。不但不，她去四会从一开始就是要把李卉捉拿回来。就这么一个闺女却要走那么远，那白淑琴还能轻易见着李卉吗，到老了不能动了还能得到李卉的照管吗？

老李说，你看你，数你厉害你自己还不知道，当初你妈不跟着你到太原住你就说要记恨她一辈子，现在你又要把李卉挟持在身边，你觉得你合适吗？白淑琴说，我和我妈，事情多着呢。白淑琴要这样说，老李就更要笑了，说，还有什么事不就是一口袋小米给了舅舅没给你吗？白淑琴说，不止这个，我妈不亲我，这也是我当初下决心一定要从县城考出来去往太原的原因。

那你要感谢你妈不亲你了。老李说，你妈要是亲你你还不一定能考上学校呢。再说了，你还要你妈怎么亲你？我妈那么亲我我也没敢冲着她直嚷嚷过。都是自立自强的性格你能下决心考学校走，难道你妈就不该有她自己的想法？

白淑琴一把抓住差点侧翻的宝宝。宝宝攀着木头茶几学走路，茶几到尽头了一手托空，差点没翻个四脚朝天。我的个宝贝亲，你可吓死姥娘了。回头对老李说，等秋收后再说。又说，秋收后带着李卉和老郭一起回太原。想起了什么又说，我就不能考验考验郭志鹏？说完又是一笑，说，老李我一直都很怀疑，你难说不是我妈安排在我身边的无间道，任务就是策反。老李说，不，你是穆桂英竖一杆帅字旗，破天门一百单八阵，走马又捎带了洪州城。谁策反得了你啊！

老郭问李卉，你们家和雁门关什么关系，为什么舅姥爷说秋收后要回雁门关？还有家传对舅舅好又是怎么回事啊？李卉说，这个就说来话长了，究竟怎样我也不知道，我只知道我姥娘的妈，来自雁门关。而且我姥娘的舅舅，神秘失踪。

神秘失踪？老郭霍地坐起问，什么叫神秘失踪？李卉回答说就是找遍全国了都找不着。

10

王二白脸来给魏仙灵送豆腐。豆腐在桶里，桶担在王二白脸的肩上。魏仙灵笑，说，二白脸来了，快进家坐。见王二白脸穿得奇怪就问，这怎么还穿起校服来了，上面五个字"雁门县中学"。王二白脸笑，还就这件衣服既耐穿又好看。老白听见了笑，说，你这是缺什么补什么？王二白脸在沙发上坐了，看着老白笑，说，我给你念段经？

王二白脸在庙里修行。也不是庙，其实就是他住着的家，安了几尊菩萨、学了几本经，王二白脸就自封出家人。出家人不一定是真的，但念经和拜佛的心一点不假，晨诵晚课参禅打坐从不含糊，没有香火钱，王二白脸还是靠卖豆腐维持。打闹了一辈子终究还是落个妻离子散，后半生不在蒲团上念经就一定在转圈磨豆腐，王二白脸说，这些都是修行。王二白脸说，老白我比不得你，你有魏仙灵，人生没有破绽。老白听不见，说二白脸你这豆腐是越做越好了。

王二白脸笑，说，老白你比我强，年轻时，你我一样喝酒打老婆，一样偷铜管卖钱进拘留所，一样耍钱输下一片海，我就妻离子散落下个恓惶，你却越来越红火。娶老婆等于娶菩萨，老白你是魏仙灵成全出来的，这一定是你前世里念下的经。老白听不见，见王二白脸的嘴一直动就问，你给我念的是什么经，《金刚》啊还是《楞严》？二白脸我跟你说，念经不如种地。

王二白脸笑，说，我给你念大悲咒吧。虽然你聋了，但是万一听见了呢。

晚饭在葡萄架下吃。太阳在西下进程中，把山把树把云都染了个红。一张小桌几个小板凳，旁边点一根艾草绳，蚊虫倒也不敢太嚣张。蒸饺和红薯、毛豆，一锅小米稀饭几碟咸菜，晚饭宜清淡。雁门县的酱咸菜一点不简单，单一个白萝卜就能腌制出十几种不重复的花样。

刚吃完饭张滨来了，笑着说，婶，你看我给你把谁带来了。张滨身后转出一个人来，个子不高，未说话先笑，嘴唇短包不住牙，牙龈还萎缩得厉害，故而牙齿格外长。魏仙灵一看，拍手笑说，啊呀张滨你真是我的神，我想什么你就准能给我送什么。

吴艾祥给魏仙灵带来两大桶厌氧微生物菌制剂，他和张滨一起从车上抬下来放到院子里。吴艾祥露着长牙笑，说，二婶我早该来，我不怕婶你骂我，我实在是太忙了。魏仙灵说不迟不迟。又说，你现在是名人了，拿到国家专利，还是"最美时代新人"，又上电视又上报能不忙吗。吴艾祥又是一笑，嘴唇短牙齿长十分感人。

张滨问吴艾祥，厌氧制剂能根除根结线虫？吴艾祥说，这你就问到点上了，根结线虫最难防治，无色透明、雌雄同体，肉眼看不见但繁殖极快，入侵蔬菜根部会长出不规则瘤状物，破坏蔬菜根系功能，往往大面积发病。张滨说，对，去年咱们村大棚蔬菜遭这种病虫害，我们又坚持不用农药，结果损失不少。吴艾祥说，千万不敢用农药。我这个就是专门针对根结线虫的，害虫需要氧气才能生存，用我的厌氧菌制剂按比例勾兑浇地，地面再用膜覆盖，保证没有根结线虫。魏仙灵说，我去年就用的你这个，你这个不止对根结线虫，对蝼蛄、蛴螬也有用。吴艾祥说，这要感谢大学里的生命科学院博士生导师石教授了，是人家带着研究生多次对我发明的制剂做杀虫原理和浓度试验，这才提高了制剂配方。

老白见了吴艾祥也高兴，这就想起艾祥小时候，说艾祥小时候就爱捉虫子玩儿，考大学连着考了八年都没考上。吴艾祥的长牙在灯下闪动，笑说，是啊白二叔，我还记得那时候放学回来，总能见着我婶提着菜刀追你，你三步跨就能上房，无论我婶怎么骂你都不肯下来。大家都笑。吴艾祥问，二叔你现在不赌博不耍钱了吧？老白没听见，说，那时候我就对你说过，考大学不如种地，现在你信了吧。吴艾祥现在住太原翡翠山庄，那是专门为省级优秀英才提供的高级公寓，水电暖以及房租全免还给一大块试验田，能住进翡翠山庄的人全省没几个。吴艾祥说，我信。

11

八月十五是个阴天,月亮躲在云层后遮遮掩掩。老白说,八月十五云遮月,正月十五雪打灯,这都是好年景。老李把坎肩送出来给老白穿上,又给魏祥国倒了盏热茶。魏祥国说,想要看月亮那还是得十六,更圆一些。

直到后半夜阴云才逐渐散去,夜空里只剩下一轮皎月,十分圆满、十分透亮。魏仙灵、姚香莲、白淑琴和李卉以及宝宝都睡了,葡萄架下只剩老白、魏祥国、老李和老郭,白楚峰是后来过来的,自己找个小马扎坐下。男人话少,尤其在深夜后。供桌上香炉里的三炷香早已熄灭,花馍瓜果以及月饼都涂上了月亮的蜡,逐渐有了沛然正气。反倒是葡萄架下的小桌上,小小胶泥炉上铜壶煮水,袅袅热气和火红炉口,几只俭朴的磁州窑茶盏,里面装着茶水和晃荡的月亮。每一个都是沉默的,包括老李。月光是葡萄叶形状,有稍微摇曳但宗旨还是沉默,打印在桌上、地上以及人脸上。

这是只照耀已婚男人的月亮,透明清澄,是解决过问题并有了答案、是发生过的一切都像根本没有发生过、是差异转化成雷同之后才能有的模糊或光亮。像是智慧。像是从玉龙喀什河的河床上好不容易才翻拣出来的白玉。

并非所有经历都是生活的,沉默也是。更多时候沉默才是更重要的,杀伐决断或是谋篇布局,反守为攻或是正气浩然。最后能成为什么人,全在于沉默中经历过什么。

这一夜,沉默着的男人,是人间至宝。

八月十五一过,城西村变换了颜色。白烨在作文里写道:

高粱擎起火炬，谷子弯下腰身；胡麻蓝成大海，荞麦阴郁了脸；向日葵金黄，玉米穗黑褐。蚂蚱成了土黄，大腿上的肉更加壮硕；蛇仔飞也似的逃窜，尾巴都跟不上；黑喜鹊吃太饱把肚子撑成白色。老师在作文后批个大大的优，批语是优美词语应用很好，继续保持阅读的好习惯。

李卉协助老郭用无人机直播，高空视角下但见千里沃野，庄稼集结成百万军团，白黄红紫褐庄稼各自为政。夹在土塄边上的益母草、紫云英、柴胡和蒿，星星点点似续非断如击鼓飞传的传令将。

老白率先，其后跟着魏祥国、老李、老郭、白楚汉、白楚峰，以及白楚峰事先定下的老马老蔺老郑老黄和老闫五个人，众人站在高坡往下一望，豪气顿生，雄心与壮志同时填膺。老白打手一挥：开镰——

12

深秋的雁门关，远处的山头是白的，像是千年不化的冰雪。其实也就上个月才下的新雪。新雪之下，雁门关的空气如新磨的刀刃般薄快，穿过松林，制造出奋勇厮杀的声响，这才是真正千百年不化的东西，海市蜃楼一般，只要条件合适就放录像带一样回放一遭。然而雁门关的松林不是绿色而是黑色的，也不稠密，只是见缝插针地生长，更像射落下来的箭镞，只要角度正确，准能看到金属一般的光泽在闪亮。人站在山下举头望，环山皆是倒下来的。也不是倒下来，是山体黢黑怪石奇崛，都是朝着人压来的，下一步就是轰然，使得每一个站在雁门关山下的人为之胆怯。

雁门关距离雁门县城不过三十多里。汽车导航没有设置成方便快捷的雁门关隧道，而是导向了208国道也就是原来的盘山公路。这条公路很考验汽车司机，每一个转弯，汽车轮胎都是一半在公路上一半在峭壁。

　　魏仙灵一家是走着上雁门关的。坡度很大，夹角度数不低于45°，人走在上面很吃力，身体前倾夹角度数也不低于45°，不然爬不上山。老郭依旧开着直播，和李卉一左一右把手插在魏仙灵的胳膊弯里，白楚汉笑嘻嘻地跟在身后。老李走在老白身后，魏祥国拉着姚香莲，白楚峰和娥娥一路呵斥猴子一样又跳又蹦的白烨，生怕他一个不小心栽下万丈悬崖。只有白淑琴抱着宝宝是坐在汽车里的，宝宝还太小，怕风吹着。汽车不远不近地跟着，以备谁实在走不动时救急。

　　老郭很是激动。终于见到雁门关了，老郭的雁门关，是乔峰一掌一掌击打石壁的雁门关。忽听得身后一个清脆女子的声音，乔峰回头，只见山坡旁一株花树下，一个少女倚树而立，身穿淡红衫子，嘴角带着微笑，正是阿朱。老郭回眸处是李卉，李卉如阿朱一般，嘴角带着微笑，说以后我们一起骑马打猎牧牛牧羊是永不后悔的了？阿朱和李卉同时说，我在这里等你，只怕你不来，老天保佑你果然来了。老郭心中一荡，隔着魏仙灵，伸出手牢牢抓住李卉的手。二人相视一笑。

　　老白的雁门关是金沙滩一役，大郎被辽兵乱枪挑死，二郎前来相救不得脱身、力尽身死，钩镰枪把三郎钩在马下踏为肉泥，四郎、八郎被俘失落番邦，五郎出家五台山，七郎遭乱箭射死。是杨六郎辕门斩子，是穆桂英大破天门阵，是焦不离孟孟不离焦，是三关点帅说出杨家由来——我杨家原本也不属宋朝，我祖父火山王曾经落草，我的母她本是佘王的根苗——锣鼓与胡琴，曲牌与宫调，响了老白满满一脑子。

老李的雁门关是残缺的李牧祠和楼门城垛成血样的残阳，是一捧枯竭衰草在朔风中挺立，是半阙门楼下深陷青石的车辙。是代国丞相赵皋出雁门疾走避难，是蒙恬大将军率三十万甲士出雁门北击匈奴，是飞将军李广在雁门迷失方向命奇难封，是1922年阎锡山在雁门关修下取名"太同路"的公路，是1937年日本关东军"蒙疆兵团"和日本华北方面军板垣师团联合入侵山西。

老李不由得看向魏仙灵与魏祥国。

站在悬崖向下望，山如刀削、石似斧劈，人一旦摔下去宛如滚个肉丸。魏仙灵和魏祥国脸色都为之一变，不约而同看向悬崖对面。在那里，一个女孩也如他们这样探头朝下看去，迸发一声凄厉喊叫：爹！

那是魏仙灵和魏祥国的母亲，名字叫刘彩儿。刘彩儿朝下看去，她的爹和哥连同骡子和骡车，散落在悬崖各处，分离得七零八落。她身边，她的娘晕厥了，她的弟弟呆呆站着，头顶上，太阳是个大蛋黄，不咸不甜地照着他们。爹早晨走的时候还对她说，乖乖听话，我去城里给你换白面，后天太阳落山之前你来这个口子上等我，我给你扯回花布割回红绸子。

一下失去爹和哥，娘眼泪涟涟看着她问彩儿啊，我们可怎么活？刘彩儿怎么知道该怎么活？她就是个小女娃，拉着弟弟的手两个站在一起的时候，谁也不比谁高多少。

三年后刘彩儿的娘也死了，是累死的。在刨山药蛋的地里，娘忽然就喷了一口血，刘彩儿吓坏了，一把抓住娘的手说娘啊娘你可不能死，你死了我和弟弟怎么活？娘怎么知道该怎么活？她吃了一辈子莜麦山药蛋，一辈子最大的心愿是吃白面。

娘用尽力气对刘彩儿说，要吃白面啊！

然后，刘彩儿就把自己换了三十袋白面，换给雁门城里的老魏。

老魏丑得很不一般，白天出来挺吓人，晚上出来能吓死人。就为这个丑，被弄成雁门城里的巡警，假装他是个凶神恶煞，起一定的治安作用。老魏有心，成年后只做一件事，那就是攒白面。攒的白面越多，他的胜算越大，最后如愿以偿，用积攒的白面换来刘彩儿。

从爹跌下雁门关悬崖，刘彩儿就赌着一口气，一定要出雁门关，一定要吃白面。换给老魏才发现，其实老魏一共就三十袋白面，给了刘彩儿后他就顿顿吃糠。老魏说，给不给你我都是顿顿吃糠。那三十袋白面刘彩儿全留给弟弟了。她从来没见过这么多白面，觉得够弟弟一辈子吃了。

1937年10月18号，岁在子丑，农历九月十五，忻口会战正在进行。八路军第120师第358旅第716团在雁门关伏击日本汽车运输队，共击毙日军五百余人，击毁汽车三十余辆，一度切断繁峙至忻口间交通。为了争夺战机，日本人在雁门关各个村里抓壮丁抢修被损毁的公路，只有十五岁的弟弟是其中一个。

25日深夜，弟弟从日本人手里逃出来，投奔姐姐刘彩儿。一夜奔逃，弟弟两脚血泡一身泥水。姐啊，弟弟说，我实在受不了那苦，牛马一样搬石头拉土，稍微迟慢一些三棱棍子就往头上砸。弟弟扒开头发，里面有一个还未干涸的血窟窿。弟弟话还没说完人已经昏睡过去。

哭肿了眼的刘彩儿下了决心，再不和弟弟分离，再不让弟弟受哪怕一点的委屈。然而，城里人老魏一直阴着脸，似乎另有想法。但其实老魏这个人一直都很有想法，刘彩儿早有领教。

第二天弟弟就如炭过火，浑身炽热。老魏给弟弟抓来退烧药。三天后老魏又嘱咐刘彩儿再去抓药，连抓药的钱都给了。刘彩儿心存感激，咨嗟如老魏这样的，自己吃尚且嫌肚大，还能把抓药的钱拿出来，这得是多大的胸襟啊。

等刘彩儿回来，弟弟已经不在了。老魏不可能收留弟弟，从日本人手里逃出来的壮丁，老魏不能留也不敢留。老魏还有娘，还有吃奶的闺女，老魏对生活还有期待，巡警干得也还顺手，媳妇也挺漂亮。

后来，刘彩儿是把人间都翻了个个儿都没找见弟弟。雁门关万丈悬崖下没有，河里没有水里没有山洞与枯井里也没有；逃荒的各路队伍中没有，走杀虎口没有走张家口也没有，往银川没有往海拉尔也没有。再后来魏仙灵和魏祥国通过侨联把台湾问遍了，把日本也问遍了，都是没有。

大刘彩儿十七岁、很丑的老魏一下就不是刘彩儿的对手了。刘彩儿一年时间不和老魏说一句话，不给老魏做饭也不管老魏的孩子所以那孩子最后是夭折了。老魏和刘彩儿打架，刘彩儿抄起一只粗碗，照着老魏门面就是一飞。

幸亏老魏躲得快，碗茬只是割破了老魏眉骨，再差一毫老魏都不一定还能活着。老魏对魏仙灵和魏祥国说起这事时心寒无比，声音哽咽，仿佛那碗一直飞着从未落下，下一步就直奔眉骨，差一个分毫就能要命。老魏说，你们的舅舅极有可能是给八路军送信的，他能从日本人手里逃出来本身就说明问题。你们的舅舅，很不简单啊。

一只飞碗闹革命，之后开启了刘彩儿时代。她再不是来自山上的小媳妇，再也不怕大十七岁的城里人老魏，至此家里全是刘彩儿说了才能算。魏仙灵和魏祥国相继出生后,谁要不听刘彩儿的话,照样也用碗飞谁,反正姓魏的全都不是好人。

直到白淑琴出生。

魏仙灵不是不亲白淑琴,是不知道该怎么亲。她自己从来都没有被亲过,她哪知道什么是亲啊?刘彩儿就不一样了,不亲魏仙灵不亲魏祥国就只亲白淑琴,她总得培养一个自己的亲人吧,何况白淑琴不姓魏。

隔着岁月尘雾,魏仙灵看着刘彩儿抱着白淑琴在雁门城里招摇,她本来想笑,可眼里全是泪。刘彩儿脸上分明有得意,这是不用岁月尘雾放大不能看见的,那种嚣张与得意直看得人泪流满面。

作为反抗刘彩儿的一部分,魏仙灵嫁给城西村的老白,原因是刘彩儿一直强调,她的女儿是城里人,决不能再嫁回农村。

只有魏祥国是顺着刘彩儿思路走的,参军,去白云,这些都是刘彩儿的心愿,虽然刘彩儿照样也不亲魏祥国。但魏祥国最亲的人却是刘彩儿,十八岁那一年他对刘彩儿说,妈,我一定把舅舅找回来。这也是魏祥国一定要参军、一定要年复一年在白云和雁门城之间穿梭的原因,他是觉得,自己该是舅舅的前世和今生,所走所行所思所行决不会偏出大致轨道。

魏祥国说,我妈刘彩儿如果活着,今年正好一百岁,我的舅舅如果还活着今年九十二,他的名字叫刘照华。

魏仙灵说,那个夭折的孩子我叫姐姐,她的名字叫魏仙妹。

一队大雁打天空飞过,那么高那么高,它们是要去往哪里啊?从哪里来再到哪里去,是与生俱来就知道,还是代代传承才知道的呢?为了这个,它们从出生就有一双强劲的翅膀。老郭的镜头对准了它们。

魏仙灵回头看看坐在车里的白淑琴。车窗玻璃后，白淑琴正抱着宝宝向外看，还指着大雁让宝宝看看。不由得会心一笑，紧一紧胳膊弯里李卉的手，说你们现在就买回四会的飞机票，不用怕你妈。

李卉说姥娘，已经买了，还是我妈给买的呢，怎么还钱她都不要。

魏仙灵笑说你看，我小时候也像宝宝这样，被我爹抱在怀里不撒手，我爹最亲的人就是我。

魏祥国笑，说不见得吧，那爹去世的时候给了我一对碧玉耳环这个事，你知道吗？

哦？魏仙灵吃了一惊。魏祥国得意了，说是爹买给娘的，不好意思给娘，就一直存在匣子里，就等娘打开匣子后看见惊喜。没想到娘一辈子都没打开过那匣子。

娘也不是不打开那匣子，娘是从不打开爹的任何东西。

耳环呢？魏仙灵问。

魏祥国说，我给娘放进棺材里了。

魏仙灵见不得魏祥国得意，说爹去世的时候对我说过一件事，是什么事你知道吗？

哦？魏祥国也吃一惊。魏仙灵就得意了，笑说你当然不知道，我才是爹手掌里的宝嘛。魏祥国说，快说什么事。

爹说，其实，我舅舅走的时候留下一句话：告诉我姐姐，一定要回雁门关白草口村，老宅里、灶台上、灶王爷像后有一个暗槽，槽里有个东西一定要拿到手。

传家宝？李卉惊呼，现实生活果然比小说来得更离奇更曲折。

一家人顿时兴奋，都看魏仙灵，并充满期待。魏仙灵一笑，从怀里掏出一个红布包，说是不是传家宝不好说，但有可能是宝藏地图和密语，你们看看。

大家围拢过来看，魏仙灵打开红布包，一层又一层。老李笑说，这必是藏宝图无疑了，气氛和感觉都对。大家都笑。

红布包最里层最核心的部分在藏宝图的气氛与感觉下终于现世。是一页发黄的纸，纸上三行字：第一行玉皇大帝、玄天大帝、十殿阎罗；第二行天地君亲师、灶神、门神、山神；第三行黑虎将军、大仙爷爷、狐仙娘娘。李卉笑，说这不是宝藏密语，这是与天地对话的密语。

脱贫攻坚之后的白草口村白墙灰瓦，在蓝莹莹的天空下静谧而优雅仿佛与世隔绝一般。时间在这里受到阻滞无法快速前行，这是个优势，利于积攒和存放。村后一段长城向着远处伸展延绵，它还在坚定地固守明朝的疆土；透过村边瞭望台的垛口，看到的还是宋朝的敌情和战况；那些隆起的土包里，包裹的是汉家将士的忠魂。如果说要与天地对话需要什么理由和细节，这些都是。

一队引进的优良品种山羊路过魏仙灵一家，咩咩发声：你们是谁？来找谁？

以活着的方式

1

电话是李卉打来的,时间是上午 10 点。李卉在电话里说,妈你快来吧,我被车撞了。

把李卉送到省城读高中是秦小丫的主意,但也是大势所趋,毕竟大家都送孩子走。李立国说,送什么省城,我们大禾就好,大禾的教育历来就是翘楚,全省的文化底蕴就在我们大禾呢,唐朝诗人和文学家多出在大禾,大禾历史上光一个裴氏家族就出过 59 个宰相……

那你的意思是送李卉回唐朝呗,秦小丫撑了李立国一句。

李立国是越来越不可理喻,简直就是杠精转世,没有一件事是不抬杠的。谈恋爱的时候可没发现是这样的,那时候李立国表现得可是既驯顺又臣服,一点看不出脑后有反骨。

秦小丫用半个月的时间就把李卉去省城上高中的一切手续办好。秦小丫把入学通知书拍桌子上,对李卉说,还愣着干什么呀?赶紧收拾你的东西去。李卉没有想象中的兴奋,让秦小丫稍稍有点失望,但这也是李卉的一贯做法,凡秦小丫反对的李卉必坚决拥护,凡秦小丫拥护的李卉必坚决反对,和李立国简直一个模子里刻出来的。

李立国说,秦小丫你做事用用脑子好哇,大禾距离省城 398 公里你知道不知道?知道啊怎么了?秦小丫翻着白眼反问。李立国说李卉每回一次家,汽车票要 133 块,动车票要 110 块,你算过经济成本没?秦小丫一笑,说我们又不是买不起。李立国哭笑不得,说从大禾到省城坐汽车得 6 个小时,这个时间成本你算过没?秦小丫说,伟大祖国动车速度世界一流。李立国说，动车是你家开的？不得去车站？不得去候车？这都不是时间啊？再说你保证每个节假日都能买到火车票？

秦小丫脑子一白。

秦小丫承认自己想得有些少了，但别人都送孩子去省城上学，咱家凭什么不送？李立国说，那我们大禾每年考清华考北大的，也不比省城少，是好学生在哪儿都能考。秦小丫冷笑，可见李立国对李卉是多么不了解，李卉要真学习好也就算了，偏偏是说好不好，说坏不坏。往省城送的全是这样的学生，就想着借助省城的师资力量和管理手段出点奇迹呢。

什么奇迹？李立国问，清华还是北大？秦小丫说万一呢？李立国说，没有万一，就在大禾上，连大学一起，都在大禾上。现在的同学就是将来的社会力量和人脉资源，李卉在本乡地面发展，不比上过清华、北大的差。李立国要是这么说，那秦小丫就非把李卉送走不可了，老天都休想拦住。最恨李立国这样胸无大志，眼睛里只有大禾这片巴掌大的天，再往远了看哪怕一丁点都不能够。生在大禾活在大禾，死也要死在大禾？死就死你的，怎么还把李卉拉上了？李卉就只能在大禾吗？就只能像你一样，一辈子只能活在大禾的天底下吗？

无论你走到哪儿，天都是一样的天。李立国说。

秦小丫懒得和李立国多说，一个夏天的虫子你跟它说什么冬天。

李卉送省城了，果真如李立国说的那样，回家成了问题。平时还好，一到礼拜天学生都回家，只有李卉不能回，她的时间不够在省城和大禾之间打来回。礼拜天李卉一个人住一幢楼，楼就空荡得生出鬼来。李卉在手机视频里哭，妈呀你快来，爸呀你快来，我被鬼吃了可怎么办呀？这时候秦小丫就是坐飞机也赶不到鬼前面，除非腋下能生出翅膀来。可李立国还来劲了，在电话里骂李卉，哭什么哭？一个人没人打搅不正好学习吗？没盐没醋的，鬼吃你干吗？

隔八百里都没能阻挡李立国的杠精病，秦小丫真的一眼都不想看李立国。

那么，在省城有套房呢？

秦小丫把家底盘算了一遍又一遍，可无论她怎么算，距离买省城房子的款都有一段距离。秦小丫一屁股坐在沙发上，玻璃窗外，天空灰蒙蒙，看不出是要晴还是要阴。窗台上一盆三角梅，长三两片不黄不绿的叶，扭曲着枯瘦枝干，看不出是活着还是要死去。最怕这种半死不活和不晴不阴，就像李立国。当初不畏艰难险阻嫁给李立国的时候，他可不这样。当初的李立国眼里有狠，脸上有光，脑瓜灵敏，前途远大，一眼看上去就是大禾放不下的人物。可怎么活着活着，李立国就完全不是那么一回事了？眼里有狠，那是只对秦小丫一个人的，对外人好着呢。脸上有光，那都是泛着的油腻，明显是因为肝脏不好分解不掉。至于脑瓜灵敏和前途远大，那都是事实，事实证明秦小丫眼光不济，看人不准，是正宗粑粑眼。

半死不活的李立国让秦小丫的未来不晴不阴，说不上来哪儿不对，可就是让人出不上来气。最可恨的是这出不上来的气，正好是憋不死也活不好的那种。就像这家底，有点富裕，但真要拿出钱来干点什么，唉，又不够。就像秦小丫和李立国，你说过不下去了吧，唉，又不够离婚。

秦小丫下定决心，就是借钱，也要在省城买套房。

第一个，秦小丫就把公公婆婆圈定为借钱对象。一见婆婆秦小丫就知道，想要从婆婆这里借到钱，那是墙上挂画——

没门儿。

那也得借。

想借钱秦小丫却不说借，只把手机拿给公公看。手机视频里李卉哇哇哭，公公看着心疼，连声说我娃受苦了，我娃受苦了。秦小丫说，别人的娃礼拜天都能回家，李卉没家回。公公问，别人家都在省城有房？秦小丫说大部分有，实在没有，就是爷爷奶奶、姥姥姥爷跟着去做饭、去陪读，李卉可怜，姥姥姥爷死太早。

公公不说话了。婆婆说话了，你别指望我们二老，我们自己照顾自己尚且不够。一对在微信运动里每天都要走三万步的老两口，你想不出有什么是他们自己不能照顾自己的。秦小丫说，不要你们去陪读，我宁肯不要工作去陪读，但得在省城买房。婆婆和公公对视了一眼，公公迟疑着问，这事你跟立国商量了吗？秦小丫瞅公公一眼，家里有事婆婆和你商量过没？

婆婆反应快，说你也别指望从我们这里借钱。秦小丫看看婆婆，这个女人不寻常，与家里人做斗争从来没输过，一辈子最爱的人就是她自己。从公公婆婆这里都借不到钱，让秦小丫找谁借去？秦小丫把屁股往沙发里深陷，今天借不到钱她就不走了。公公给李立国打电话，要李立国马上来。秦小丫说咱们家统共就一个李卉，咱不在她身上使劲在谁身上使？李卉统共也就上一次高中，高中也就三年，这三年决定她一辈子的高低，这时候不出力什么时候出？别人都是有三分力往出使十二分的劲儿，咱们凭什么不？是李卉不好，还是我不好？

婆婆开始在抽屉里找药，公公开始揉脑瓜，在省城买房，那不是个小数目。秦小丫说，这时候让你们借我十万你们也是有的。看看婆婆，又说，哪怕借我三万五万呢，我不嫌少。

婆婆说你当这是打麻将呢，十万八万随便碰？

秦小丫根本就不想和婆婆对话，这是个老少女，被李立国父子俩惯了一辈子，她也就任性了一辈子，一辈子靠嘴活着，其余要什么没有。有一个事实婆婆没弄清楚，那就是自从家里有了秦小丫，她的执政时代就已经结束了。秦小丫和婆婆的战争是持久战，拉锯式的，是敌进我退我退敌进式的，秦小丫必须寸步不让。如果说秦小丫和李立国之间真有什么大矛盾不可调和，那就是这婆婆。

公公说，也可以在省城租个房，也就三年。秦小丫说不，我就想给李卉一个省城的家，将来李卉上大学找工作，都需要一个省城的家。婆婆说，那我们什么也帮不上。秦小丫说知道，所以只能找你们借钱了，要不是我妈早死了我找我妈借去。

正僵持着，李立国一头撞进来，看见他妈在找药，看见他爸在揉脑瓜，就粗着脖子冲着秦小丫喊，秦小丫你想干吗？

瞧瞧，这就是李立国。

2

秦小丫都没敢和李立国说，独自一个人直奔省城。

李卉的确是被车撞了，不过是被自行车撞的。

但撞得真不轻，右小腿骨裂错位。

撞了李卉的人叫王超然，和李卉一个学校，同一年级。

让秦小丫生气不过的，是李卉没被安排在省城任何一家大医院，而是在一家私人医院。李卉仰面躺在病床上，右腿打着石膏，吊在支架上，说，妈，我已经没事了，最多两个月就能好。

到底怎么回事啊？秦小丫又生气又心疼。一直垂手立在一旁的王超然父母赶紧凑近搭话，说，你是李卉妈妈吧，真对不起，是我们家王超然骑自行车不小心撞了李卉同学，对不起呀，对不起，实在对不起。

王超然的爸爸老王说，李卉妈妈呀，出了事我们第一时间就把李卉同学送来了，现在没事了，你放心好了呀。

秦小丫问，为什么不去大医院？

老王想了一下，说这家医院是距离学校最近的医院。

这也叫医院？秦小丫没说出口的话被老王捕捉到，他说没有问题的，这家医院在省城少说也二十来年了，口碑一直很好，是国家发证的正规骨科医院。又说，给李卉做手术的刘大夫，是主任医师，没有问题的。

老王每一句话都把秦小丫往胡同里堵，说，并且，这家医院最大的好处，是马上就能安排李卉住院，你要是去大医院，你且得等，再说……老王眼巴巴看着秦小丫，有没有病床还不一定，那李卉不更受罪吗？这是进医院时拍的骨片，你看看。老王把片子献佛一样双手呈献给李卉。李卉哪看得懂呀。老王连忙指着片子给秦小丫解释，具体撞到哪了，怎么撞的，什么结果，正骨手术是怎么做的，说得一清二楚。

不得不说老王处理事情还是很有一下的，听上去滴水不漏，即便秦小丫自己处理又如何？秦小丫虽然恼怒，但也说不出什么。大禾距离省城398公里，796华里，秦小丫坐汽车少说也得六个多小时，这还没算堵车时间，她赶不到。

老王最后对着秦小丫笑，说也不用那么紧张啦，说到底也不是什么大伤。

就是这句话把秦小丫重新惹恼。什么叫不是大伤？那你们要把李卉撞成什么样才觉得是大伤？老王自觉失言，连忙闭嘴。

秦小丫说的是你们，你们就是连老王带老王媳妇带王超然。虽然他们一见秦小丫就道歉。

妈，我说了已经没事了。李卉插进来一句。

这秦小丫就更恼了，还没问李卉呢，好好的怎么就让自行车撞了？在哪撞的？怎么撞的？当时还有谁在现场？学校什么态度？万一骨头长不好怎么办？瘸了、跛了怎么办？

李卉低下头，不敢与秦小丫对视。李卉这心一虚，秦小丫倒看出其中的不一般，不由得回过头去认真看王超然。王超然一米八的个头，黑眉毛黑眼睛，下颏一撮探头探脑的黑胡须，见秦小丫看他，立刻朝着秦小丫深鞠一躬，说一声阿姨对不起，声震屋瓦。秦小丫一阵眩晕。

反正我已经没事了。李卉噘着嘴，低声嘟囔。

原以为自己又精明又能干，但没想到遇到事还是脸红心跳头发晕，不知该如何是好。隐约觉得什么地方不对，但这不对是马，疯跑在脑子里套不到。老王一眼看过去就是能从油锅里捞摸出钱来的人，即使什么话都不说光是站在那里，就感觉已经把便宜占尽了，更何况他旁边的媳妇，始终抱着膀子不说话，一副谁都不爱的劲儿。

秦小丫两腿发软但愤怒异常，总觉着被冒犯了，却不知道在什么地方。恰好这时电话响了，是李立国从大禾打来的，要秦小丫给他开门，他要回家拿换洗衣裳。

从炮打婆婆后，秦小丫和李立国就分居了，分居之后李立国一直住单位，他还不知道李卉出了事，更不知道秦小丫此时在省城。李立国听秦小丫声音不对，问秦小丫，怎么了？是不是出什么事了？

李立国稳健持重的声音穿过手机话筒直抵秦小丫的耳膜，

秦小丫喉头一哽,就把事情全说了。

李立国说别动,原地等我。

秦小丫觉得自己没有哪一次比这一次更需要李立国。

与李立国一起来的还有孙大夫。孙大夫来了,只与给李卉做过手术的刘主任医师对接。两人看着李卉的片子说了很多话,然后出来对李立国点点头。孙大夫说骨裂错位的话,都是这种处理方法,而且在骨科,刘主任医师在市里算得权威。孙大夫白皙脸,精干短发,鼻梁上架个无边框眼镜,表情和话都删繁就简没有多余,自带权威。

李立国送孙主任出去,秦小丫老远看着他们两个在门口站定,又说了好多话。

返回来时,李立国脸色冷峻,咬肌突出。老王原本是有话要对李立国说的,但一看这不好说话的脸,就闭了嘴。秦小丫和李卉也都躲着李立国的眼神不敢接。两人都怕被李立国责备。

出乎意料,李立国说了句,别怕。

这句话对秦小丫和李卉都起作用。李卉哇一声就哭,哭得好像她真怕过李立国似的。李卉一哭,李立国就抱住李卉,拍李卉的后背,又抚摸李卉的头发。不知道为什么要哭,反正就是觉得特悲壮。

李卉环抱李立国的腰,哭着说,爸爸,我想回家。

李立国说走,爸爸带你回家。抱起李卉就往外走。秦小丫兀自在后面追着问,回哪儿呢?这是要回哪儿呢?

在快捷酒店,王超然对着李立国深鞠一躬,说叔叔对不起,照样声震屋瓦。这孩子,道个歉而已,用力太大看上去反而理直气壮。

为表示道歉,王超然的爸爸老王,照着王超然的屁股就是一脚，这一脚还是比较实在的，王超然直接就坐地上了。王超然吃痛，高中生的脸面和尊严一时都不要了，呜哇一声，哭了，像个真正的孩子。王超然妈连忙拦住老王的下一脚，说有事情你就解决事情，你踢他干什么？

老王夫妇解决事情的前提是丰厚的物质。大大小小的礼品满满地堆在桌子上，带着闪亮的表情。另外，老王把一摞钱放在李立国和秦小丫面前，说，真是，事情既然已经出了，咱们还是先解决事。

李卉和李立国同时看秦小丫。

3

三天后，李立国在省城租下了房，不大，50多平方米，锅碗瓢盆床单被罩一应俱全，换把钥匙就能住。秦小丫不知道李立国是怎么想的，我们不回大禾了？李立国说回什么大禾，李卉都这样了。

秦小丫确实下了决心要来省城，但不是这种来法呀。

你想怎么个来法？李立国问，请一台戏还是办个八音会？

又来了，这个死杠精。秦小丫真是不想多看李立国哪怕一眼。

李立国说，我还等着我们李卉考大学呢。

伤筋动骨一百天，至少这一百天，秦小丫得住在省城照顾李卉。秦小丫说，我至少要陪李卉考完大学。这一回，秦小丫下定了陪读的决心，哪怕租房。秦小丫当即给领导打电话请假，这假，领导不准也得准。

李立国给李卉请了一个月假，一个月后正好放暑假，这样李卉就有三个月的疗养期，不至于耽误太多课程。

很快，李立国就办下水电煤气卡，一一交代给秦小丫，连去超市的路线图都给秦小丫画好。把日用品买全后，又给秦小丫的支付宝和微信转了钱。李立国说，我每两个礼拜跑一次，小丫你要辛苦一些。

说到"辛苦"二字，秦小丫满眼是泪。

李卉这个娃，从月子里就和别人的娃不一样。别人的娃吃饱了就睡，李卉这个娃是从来吃不饱，故而也就从来不睡，一张海棠花瓣似的小嘴，就只顾着哇哇哭。李卉吃不饱不是因为李卉能吃，是因为秦小丫奶水少。

为增加奶水，秦小丫动用了鲫鱼汤、木瓜汤、章鱼汤、鲜虾汤、猪蹄子汤、大王八汤。秦小丫一直守在煤气灶边熬汤，直熬得自己都化成汤水了。那么多汤灌进秦小丫的肚里，不变奶水，都变成胶原蛋白，把秦小丫灌得油光水滑体重超出原来三倍。

实在不行就喂奶粉吧。可李卉天生乳糖不耐受，你要敢给她喝奶粉，她就敢拉稀拉到小脸蜡黄，气若游丝。这把秦小丫愁得，除了上天入地的心，再不生其他心。

半饱不饱着肚子长大的李卉，体质比别家娃格外差些，生病是给日历打格子，三天一小病，五天一大病，半个月总结着再病一次。还不能感冒，一旦感冒，咳嗽就来，这一咳没三个月时间好不了。秦小丫继成为催奶师、按摩师、自我心理调节师、整夜不睡抱着李卉哄的熬夜神师后，又荣升为医学师。随着李卉各种花样翻新的病，秦医学师先后通读了《伤寒杂病论》《黄帝内经》《金匮要略》《神农本草经》。

从李卉五个月开始，秦小丫又开始营养师的进阶之路，她要把李卉奶水不足的亏空从食物上给补回来。牛奶乳糖不耐受是吧，那咱就换，羊的奶骆驼的奶，谁的奶不是奶呢？奶粉之后，是米粉，米粉之后，秦小丫开始磨各种泥，蛋黄泥、瘦肉泥、菠菜泥、南瓜泥、苹果泥、香蕉泥、小米泥……秦小丫不是泥水匠，却把泥水做到极致，糊在李卉海棠花瓣的小嘴里，就为李卉能对她开颜一笑。

接下来秦小丫就是个营养专家了，给李卉做一碗蛋黄米汤粥，她能说出一碗蛋黄米粥含着多少卵磷脂，对小孩子的生长和大脑发育的好处有多少。做一碗猪肝大米粥，她知道粥里含铁量与胡萝卜素的高低，能防止缺铁性贫血。做一碗玉米瘦肉粥，她能说出每100克玉米粥的脂肪含量是1.5克，大米和白面远不能比，更何况玉米瘦肉粥一半以上是亚油酸，这还不说含钙量高达22毫克。秦小丫要是说不出一碗粥含着什么营养成分、比例是多少、对小孩子有什么好处，她都不算做出一碗粥。

直至李卉上学，秦小丫就更不能闲着了。为给李卉一个好的行为习惯，秦小丫不看电视不看手机，作息时间与李卉一致，早早睡、早早起，跑步做操、跳健身舞蹈、背唐诗，健康又天真，像个小机灵鬼儿。

紧接着就是背英语单词，练习数学口算，培养阅读爱好，每一项秦小丫都和李卉同步进行。此外秦小丫还绝对不允许李卉在街上随便乱吃东西，为此，秦小丫又成了烹饪大师。街上卖什么小吃，她就得学会做什么小吃。煎饼馃子、鸡蛋灌饼、烤冷面、炒面皮、麻辣拌、武汉鸭脖、天津蜜麻花、上海小笼包，你就说秦小丫不会做什么吧。秦小丫不但会做，还得做到一点不比街上卖的差，这才能挽留下李卉对街上吃食蠢蠢欲动的心。

想不到的是从上初中开始，李卉就对秦小丫各种逆反。尤其是中考临近那段时间，李卉对秦小丫各种看不惯，不让干什么偏要干什么，还各种挑，嫌秦小丫给她买的衣服老气，嫌秦小丫说出话来没水平，嫌秦小丫世俗加势利眼，反正秦小丫浑身上下就没有对的地方。

秦小丫忍着，距离中考只有三个月了，李卉一边要应付大大小小没完没了的各种考试，一边还要承受青春期带来的各种身体变化与心绪不宁。秦小丫忍着，该闹闹，该挑挑，小孩你还不允许她不知道天高地厚？还不允许她随意伤害个母亲什么的？自古就是从上往下亲，你还指望从下往上亲？就像从来都是脚疼手去搓，也没见过手疼脚来搓的呀。

秦小丫认为，只要李卉不搞对象就行。听了太多也见了太多因为搞对象学习不成的，秦小丫觉得，李卉只要不搞对象，其他都好说。秦小丫防李卉搞对象，跟踪、侦查、偷看日记、旁敲侧击、威逼利诱，无所不用其极，逼得李卉朝她大喊，妈你要再这样，我就真搞个对象给你看。

还真找个对象给我看，你找一个试试看。秦小丫怒目金刚。

秦小丫不但自己防，还让李立国跟她一起防。结果李立国给了她一句，防什么防？我倒希望李卉能找个对象。李立国说，人在最美好的时候，就该干最美好的事。情窦初开的年纪，就该搞对象谈恋爱，就该感受人世间的美好与甜蜜，一旦过了这个年龄段，你试试？

不用试，秦小丫和李立国就是。到了结婚年龄，搞对象和谈恋爱都是奔着最实质的去的，条件对等一切都甜蜜，条件不对等我认识你是谁？

秦小丫对李立国气不打一处来，他从来就是唱反调，你说西他说东,你说中五大六他说花椒大料,简直要被逼疯。这就是秦小丫一定要把李卉放在省城上高中的原因,李卉决不能在一个充满争吵与各种不和谐的家庭中成长。

现实情况是,把李卉送到省城上学秦小丫在第一时间就后悔了。且不说李卉礼拜天能不能回家,单是行为习惯改变就够秦小丫把肠子悔青。李卉住集体宿舍,一个寝室八个女孩,各式各样,与这些女孩朝夕相处下来,李卉以前不吃零食,现在吃了;以前按时睡觉,现在做不到了;以前不懂化妆,现在懂了,把各种颜色往脸上涂;以前不追星,现在追了,买各种明星花边,把钱不当钱。此外种种不能细数。最让秦小丫后悔的是给李卉配了一部手机。自从有了手机,李卉的学习成绩下降明显。

配手机的时候李立国就不同意,说学生配什么手机。秦小丫就和李立国吵,说李卉节假日回家,那么远的路没有手机怎么联系?走丢了怎么办?李立国说我也在省城上过学,我也没手机,我怎么没丢?秦小丫说你脸上的纹路切开了看都是横着的,既不会死,也不会丢,我们李卉不一样,李卉是女孩儿,必须随时随地和我们有联系。再加上李卉又哭又闹,班里人人都有手机我凭什么没有?再说了,好多学习资料都只能在网上查,你不给我手机我怎么学习?

李立国说我那时候也没手机我照样考大学……李立国话音还没落地,秦小丫已经把新手机递给李卉——跟一个唐朝人说什么手机。

4

李卉身高一米七，发育充分，身形健美，坐在太阳底下恨不得全身都发光。

秦小丫在厨房做饭，李卉在床上学习。租来的房子，和大禾宽敞明亮的家一个天上一个地下。秦小丫和李卉在地下一样的房子里，每天面对面，中间隔着一条受伤的腿，天晓得是什么把她们逼到这种境地，她们谁比谁更不幸一些。

由于不得不面对面，两人前所未有地开始彼此审视、观察、揣摩起来。李卉看着秦小丫的时候眼里全是打探，看她脸色，看她态度，看她说话时的口气，再也不作对了，对秦小丫客客气气，弄得跟个办公室的同事似的。

秦小丫发现李卉这个孩子没看上去那么单纯，眼珠子骨碌碌转，有主意着呢。她算看出来了，李卉是不是对她客客气气，完全取决于她对李卉的态度，她要敢对李卉态度不好，李卉能有一万种办法让她变成抽空的人皮。

好在李卉是真的在学习，都能看得出李卉在完全进入学习后，脸上呈现出欢愉，还有沉浸。秦小丫有个好处，就是只要看见李卉学习，就觉得李卉是上天入地古往今来天下第一好孩子，就觉得为李卉做任何事都心甘情愿无怨无悔。秦小丫全心全意照顾着的不是李卉，而是认真学习的李卉，这样一个李卉，天上地下都无双。

李卉呢，一点不愣，知道秦小丫为她做了多大的牺牲，也知道在如此狭小的空间里，搞不好关系会有什么样的后果。秦小丫给什么就吃什么，让干什么就干什么，再不挑刺，再不反叛，除了学习，就是转着眼珠子打探秦小丫的内心，弄得秦小丫反倒要每天调整自己的表情和心态了。这样，母女俩在地下一样的省城住着，倒和睦相处起来。

秦小丫想起怀李卉的时候了，那是何等鸡飞狗跳，婆婆公公和李立国都围着太阳一样围着她，就这她不是脚肿了就是手麻了，再不就是胃口倒了，怀孕像怀了天理一样。现在天理就坐在对面，还那么认真学习，秦小丫一时觉得人世间的美好也不过这样了。

李立国每两个礼拜来省城一次，搬运必要的用品与吃喝。现在，无论是秦小丫还是李卉，都把李立国来当成最隆重的事。母女俩只要听到门铃，都弹簧般弹起，然后迎皇上一般把李立国迎进来。李立国来，不但带来麻花、鲤鱼、拌菜和花馍，好像还带来热和光。

秦小丫不给李立国做饭。什么时候李立国成了这个家的核心了？美得他。李立国没了冷峻脸，没了凸起的咬肌，又成了一个平平常常的李立国，秦小丫看不出来他哪点好。

围起围裙，李立国做晚饭，李立国收拾饭桌洗碗筷，李立国墩地，接着，李立国陪李卉出去散步。这都是秦小丫每天的功课，比在大禾上班累多了。上班还能指天骂地呢，在李卉这里，秦小丫连个不好的脸都不敢使。秦小丫做错什么了？

要有错，那一定是错嫁了李立国。

李立国瞪着大眼珠子问，我又错了？

李立国和李卉出去了，秦小丫进到李卉卧室。房间不大，但却是这租来的房子唯一一个好朝向的房间。床是旧式军用床，房东留下的，秦小丫应急，给床上铺一条粉色床单，多少算个亮。高高摞起来的书和本子，以及一个矿泉水瓶子削去一半假扮成的笔筒,挤在一张旧桌子上。床和桌子都老旧,但都结实,一看就知道当初打造这床和桌子的时候,是奔着传世的心意去的。墙上贴一张纸,纸上一行大字:逆水行舟不进则退。秦小丫眼眶一热。

已经出去很长时间了,李立国和李卉还不回来,秦小丫坐不住了,换了鞋下楼去找。远远看见李立国和李卉并排坐在小区的长椅上,还能听到李卉咯咯笑,说爸爸你可真幽默。

李立国拉着李卉的一只手,说李卉啊,跟爸爸说说王超然吧,我挺好奇他的。李卉说你好奇他干什么呀?李立国说,他谁都不撞为什么偏偏撞了你啊?李立国这么一问,李卉立马就来劲了,说爸爸你可真聪明,一下就抓在关键处了,你看出来了?

秦小丫一阵糊涂,李立国看出什么来了?

李立国说对,我早都看出来了,你说说吧。

李卉咯咯笑,说我们学校严禁学生出入校门,除非有父母亲自来接。但是王超然就是有本事躲过层层关卡,躲过那么多摄像头,溜出校门。我观察了他很久。

李立国说你观察他?是也想逃出去?

李卉撇嘴说爸你这也太没创意了,我是那么笨的人吗?我是就等在那里让他撞,我只是没想到会撞这么狠。她指指自己打着石膏绷带的腿,说,爸,王超然太嚣张了,溜就溜,他还要骑个自行车回来,有这么赤裸裸炫耀的吗?我就是要让他撞,要按照学校规章制度,他溜出学校还撞了人,是要被开除的。我看他怎么办。

那你这个代价未免太大了,而且,李立国说,你这是损人不利己。

爸，你真是，说你聪明我都后悔。

怎么？李立国问。

以后的事你也看到了，就王超然的那个爸，那个妈，还有王超然，他们哪一个是不会处理事情的？爸，其实我主要不是针对王超然，我就是想试试，我要是把所有秩序都破坏了，到底能咋样。

李立国说，那你现在满意了？

李卉说爸，其实我早不想在学校学习了，一点效率没有。老师讲的课都是我自习就能拿下的，我需要的不是老师讲课，而是大量自学时间，爸爸，我这么说你能明白吗？

李立国连连点头。

爸爸，省城好多学校是以自学为主的试点学校，最适合像我这样的学生，遗憾的是我妈当初给我选学校的时候并没有考虑这一点。

秦小丫揉脑瓜的手停住了，还有这样的学校？以自学为主？意思是，李卉是个适合自己学习的孩子？自己从来不知道啊。

李立国说，那就用你自己的方法学习。然后醒悟一般，指指李卉，再指指李卉打着石膏的腿。

李卉咯咯笑，说爸爸还是你理解我。李卉把头靠在李立国肩膀上说，但是我妈是对的，并且英明无比，让我来省城读高中等于给我开了一扇窗。我在省城一年里所接受和感触到的，是在大禾所有的总和。

秦小丫流下两行眼泪，冤情得到昭雪一般。

爸爸，王超然虽然人有点傻，但是个数学天才。王超然来给李卉补过两节数学课，作为道歉的一部分。李立国说，那你是打算学理？不，我要学文。李卉说，爸爸，如果我对王超然不是那么了解，我就不会对自己认识得那么透彻，王超然的思维是跳跃式的，那些数学题我只能用一种方法解题，而他有三种解题方法甚至更多，这样强大的思维能力我没有。但我政治、历史成绩要好一些，这就是说我思辨能力更好一些。爸爸，我走文科才是正确选择，虽然文科学校少，专业也不多。

李立国连连点头。

秦小丫站在李立国和李卉身后，听他俩对话，听得脑后生风。没想到啊没想到，李卉这个小人儿原来窝着这么多让人目瞪口呆的话，这些话，怎么李卉从来不对自己说？

秦小丫受委屈了，感觉把一腔热血都付诸大海了。同时又恍惚明白了一件事，李卉根本就不是一个小孩子，她完全知道自己在做什么。

李卉啊，爸爸没想到你这么有想法，真是我的好女儿。李卉咯咯笑，说我也是妈的女儿。李立国说这就对了，你也是妈妈的女儿，所以别总是和她别着劲儿，她有她的不容易，这个你懂吗？李卉说哪里就不懂了？其实我从来没和我妈对着干过，哪一件我妈决定了的事我不是顺着我妈的？只不过……李卉咯咯笑。李立国问，只不过什么？

是啊，只不过什么？秦小丫伸长自己的脖子。

李卉咯咯笑够了，才说，只不过我妈那样的人，你要太顺着她她反而觉着没意思，你只有和她对着干才能让她觉得，活着的每一天都无比有意思，无比带劲儿，还不重复。爸，你不就是这样对我妈的吗？

李立国和李卉同时哈哈大笑。

秦小丫站在这父女俩身后，不知道自己是该哭还是该笑。

5

老王一家也没那么无辜。王超然在学校把李卉撞了,撞得还不轻,他们第一反应是把李卉送进刘主任医师的医院,趁着李卉家长到来之前,就把事情处理得圆圆满满。刘主任医师是老王多年的至交,这样一切主动权都在老王手里。更何况道歉还那么诚恳认真,礼物还买得那么多那么鲜亮。

老王一脸笑,说我又来看望李卉同学了。说着,就把手里提着的牛奶、水果全都摆在桌面上。老王这个人,看着一脸精悍,但就是说话不靠谱,什么叫又?我稀罕你的又啊?秦小丫恼怒,把桌上的牛奶、水果一起往老王怀里推,说你买这些干什么?我们李卉从来不乱吃东西。

好在李卉是个好孩子,一见老王就喊叔叔,一见老王媳妇就喊阿姨。多好的孩子,老王把牛奶、水果又放在桌上,问李卉,怎么样?今天好点不?年轻人体质好,恢复起来就是快。

老王一点不傻,只有李卉恢复了,他们家王超然才能安全,他一点不想让王超然被学校开除。暑假过后就是高三,一点波折不能有,关系着高考呢。

秦小丫说,老王这个人,其心可诛。

李立国说,别这样,即使得了天理也要懂得饶人。不然呢?李立国问。

秦小丫也拿不出什么更好的办法来,毕竟老王一点技术性的错误没有。但这不能阻止秦小丫大声嚷嚷,凭什么他们就不能有波折我们就得有?我们好好一个女儿被撞裂了骨头,我们不着急啊?我们不是开学上高三啊?我们没有关系着高考啊?

李立国说，这事你别管，我来处理好了。李立国又说，你只负责把你自己和李卉吃好养胖就够了。

秦小丫这就算是在省城安顿下来了，吃饭买菜照顾李卉，在超市抢购打折物品，在晚饭后散步闲逛。李立国每两个礼拜来一次，每次来必给秦小丫带来大禾的麻花、拌菜和蒸馍。

秦小丫大学毕业没能留在省城，那一段时间是秦小丫的人生黑洞。先是找各种关系，然后是在报纸夹缝中找各种广告，但不是因为不能解决她的户口，就是不能解决吃住，再就是专业不对口，反正她就是正好留不下。她是带着遗憾回到大禾的。大禾生养了她，最终也困住她，她一万个不想回，但无非还是在大禾参加工作，只有大禾，工作和婚姻都恰好能给她足够的尊严。秦小丫也就只能是在大禾结婚生子，然后，熬白头发。她有个大城市梦，也不必如何有钱，但绝不寒碜，如一切大城市人那样有优雅姿态和体面生活，这就够了。要求不高，但大禾恰好给不了，大禾总是差那么一点味儿，大城市是天上的白云，大禾总是两腿粘泥，一切大城市该有的优雅和体面在这里都打了折扣，变得似是而非，虽然大禾也叫市。这么多年了，秦小丫从未停止过她的大城市进程，在寻找各种可能性，或许，这才是她把李卉放在省城上高中的唯一真实理由。

李卉，是秦小丫来省城的又一个可能性。

把李卉放在省城，秦小丫就有十二万分理由来省城，在省城买房。当年因为解决不了吃住问题不能留在省城的仇，报在一夕。人生可从四十岁开始，而且可以大有作为，更成熟与老练了嘛，既然二十岁的时候与自己失之交臂。

一旦明白，秦小丫就被自己吓一跳，同时心脏突突跳。包括她那么在意李卉的学习，回头看去，简直没有一处不是用了心机的。不是这样的,一定不是这样的。秦小丫按住自己的脑瓜,防止自己往更深处掉。李卉学习好,那是好她自己,她只有学习好了,才能到达更好的自己。对,是这样的,她没能留在省城,不等于李卉也不能,她没能考上更好的学校,不等于李卉也不能。秦小丫在想方设法不承认。

秦小丫感觉到了自己的无耻,可她错了吗?所以说李立国这个人,就别指望从他身上看到出路,这是从嫁给李立国开始起就已经注定了的。怎么,真打算在这地下一样的出租房里过一辈子呀?

什么事你也得慢慢来嘛。李立国说。

慢慢来?秦小丫看都不想看李立国,存折上有多少钱你心里没点数啊?还慢慢来。住在省城哪一处不是开销?加上秦小丫这假也不是白请的,不得用钱在里面做支撑啊?来来回回这么一折腾,存折上的钱你还敢想用它在省城买个房?

秦小丫不敢与李立国大声吵,怕影响李卉学习。李卉受伤后腿受限制,这个暑假哪儿都去不成,只能收了性子窝在家里学习学习再学习,没想到这学习一旦进入状态还了不得了,简直越学越来劲,这一来劲,就把高中三年所有课程全学通了。书本不够用了,还要买网课学习,试卷也做了不计其数。

秦小丫拉住李卉房间的门,回头对李立国说,这房我是买定了,明天我就去订房。秦小丫的声音因为低沉故而有了笃定,一看就是下了大决心。李立国连忙说秦小丫你用用脑子好哇,你可千万不敢去订房,就你看的那房,我保证不是正经房,你只要买你就能后悔死。

秦小丫何尝不知道看的那房不是正经房?但便宜呀。正经房有,还得买得起才行呀。李立国说买房这种大事,你要观望,要考察，要比较——话还没说完就见秦小丫往外走。秦小丫说我现在就去交钱，我就订这不正经房。

李立国眼疾手快一把抱住她，他不抱住，秦小丫真能出去把房给订下来。李立国说，小丫小丫你听我说，房是一定要买，但要买，咱就买大红本，买优质房，拎包入住的那种。

李立国说得诚恳，秦小丫终于拿正眼看李立国了。李立国点点头，很慎重。

李立国一旦慎重起来，就眼里有狠脸上有光，一看就是大禾都放不下的人物。看这意思，李立国早把一切都想好了？秦小丫看着李立国的眼，恍惚间看到了自己隐藏在时光深处的下半生。不不不，秦小丫得捋一捋，你是说，要买贵的那一种？李立国说，小丫你要相信我，相信我能把事情处理好，你只要照顾好自己、照顾好李卉就足够了，安安心心的，好吧？

李立国一手揽秦小丫的腰，一手给秦小丫擦眼泪。这是继秦小丫炮打婆婆之后，第一次和李立国如此亲近。自从李立国冲秦小丫大叫之后，两人就分居了，接着李卉就出事了，事情把人催赶着往快车道上走，只能顺着事情铺设好的轨道高速滑行，一刻不得分神。李立国忽然这么亲近，再加上窗户上投进来的那方阳光、桌子上的面包和牛奶，一时间秦小丫还真由心底滋生出了爱情，觉着即便李立国各种不好，生活各种不幸，但有这么一个时刻，也是岁月静好呢。李立国说哪里有不好？哪里有不幸？到处都好着哪。李立国说，我早说过了，你只要跟了我李立国，就没有你想要却得不到的。

这话李立国是说过，那还是和李立国谈恋爱的时候，就是因为这句话秦小丫才不顾爸妈反对嫁给李立国的。你要知道当年秦小丫的条件比李立国好多少，你就知道秦小丫嫁给李立国的阻力有多大，但秦小丫就是从那么多条件好的人堆里拣出了条件不那么好的李立国，你能拿她怎么办？神仙都拿你没治，秦小丫的爸妈说。秦小丫说对，我天生反神仙。

这么多年过去了，秦小丫的爸妈都去世了，天生反神仙的秦小丫这才慢慢回过味来，她反的首先是她爸妈。当年她爸妈要是反对没那么强烈，她嫁不嫁李立国还真不一定。她倒是满心指望李立国能天翻地覆慨而慷，没想到李立国根本不想百万雄师过大江，连神仙都拿他没治。秦小丫眼泪汪汪，把一张脸衬得圆满而风趣，倒有从未有过的韵致。李立国放在秦小丫腰间的手逐渐收紧，身体和嘴脸越来越凑近秦小丫。秦小丫忽然就明白了李立国的用意，一脚踩在李立国的脚上，李立国抱着脚嗷嗷叫。

你要干吗？秦小丫和李立国同时问对方。

咕咚，从李卉的房间里传出一声响。

不好，秦小丫和李立国同时冲进李卉的房间。

6

老王是做不锈钢橱柜生意的，生意做得很大，省城大型饭店的橱柜几乎都是他公司做的。更厉害的是，他的生意已经做到加拿大。老王是个生意人，主动提赔偿，但事情坏也坏在老王是个生意人，有着生意人该有的一切狡猾。

秦小丫说，谁要你赔偿啊？老王无辜，看看秦小丫，又看看李立国。对不起老王一家都已经说过了，该有的诚意也都表示了，老王实在想不出还有什么更好的办法了。这个事里面肯定是有人错了，但谁才是欠着整整一个世界的道歉，让所有人都受了委屈的那个呢?

老王媳妇首次开了口,笑着,拉了秦小丫的手,说李卉是个好孩子,我很喜欢她。一边说一边就把秦小丫拉起来,说要到卧室看望李卉。

王超然的妈,也就是老王媳妇身材好,一点不像四十多岁,穿一袭香云纱的长袍,挂一串翡翠石的项链,一抬手晃人眼睛一下,那是手指头上戴着的一枚宝石戒指。王超然的妈把秦小丫和秦小丫这个地下一般的家都衬得灰头土脸。

秦小丫也就带老王媳妇进了李卉的卧室。卧室里,李卉躺着休息,旁边一副拐杖。见王超然的妈进来,李卉坐起来礼貌地喊一声阿姨。王超然的妈一把抓住李卉的手,说李卉好孩子,对不起让你受苦了,恢复得怎样了?吃饭睡觉都还好吧?

王超然的妈这样说话,秦小丫的怒气就消一半,谁还不是要个态度啊。

李立国不是生意人,李立国是大禾人。大禾这个地方,是出59个宰相的地方。和老王交谈,李立国先说全国有几个211和985的双一流大学,又说哪个学校有什么好专业,接着说全国哪个城市更有发展前景。说完这些,开始说一些青少年犯罪的问题,以及相关法律方面的书籍,并比较了一下法律书籍出版社的高下。实际上,李立国重点说的,还是哲学问题,李立国指出哲学的任务,是揭示整个世界发展的规律,而哲学的作用是为人们认识世界改造世界提供方法和指导。哲学是建立在物质基础上的社会意识形态,是人类研究世界的基本学科和手段。从根本上来说哲学诉之于人类理性而不是诉之于权威,老王对此你怎么看?

老王说到底就是个做橱柜生意的,固然满脸精悍,但笑起来的时候，还是没能藏住他小时候家乡那条绕村小河的痕迹。老王做橱柜生意有着高超智慧，老王把橱柜生意做到加拿大，能说出一连串加拿大的地名，在哲学方面，还真涉及不多，说不出对哲学的看法。最后老王拿出一张银行卡说，这是我们最具诚意的道歉。

李立国把银行卡推回去，说，老王我们是朋友。

第二天，老王两口子又来了，这回带来更丰厚的物质，和更真切的诚意。这一回，王超然的妈一来就往厨房走，说做打卤面她最拿手，一定要给李卉做一碗打卤面。

老王也不拿自己当外人了，和李立国盘腿喝茶，说其实我们早已经办下加拿大移民，就等着王超然高中毕业呢。说到加拿大，老王话就稠密起来，说立国啊你是不知道，我去加拿大的学校那么一看，妈呀，哗啦啦好多中国小孩，还以为是到了咱中国哪个省了呢。

老王这么说，王超然的妈，也就是老王媳妇就不乐意了，沾两手面粉说，小丫、立国你们别听他的，他去了加拿大慌着呢，给人加拿大宾馆做橱柜，人说什么他都听不懂。老王媳妇这么一说，老王也不乐意了，说我为啥要听懂？听懂了那还能按着我的心意去做橱柜吗？立国、小丫我跟你们说，在加拿大做中国橱柜，那我就是权威啊。那一脸得意算把他家乡那条绕村小河彻底泄露了。老王媳妇对秦小丫说，看到了吧，就是这么杠着，我说一句他总有十句等着我，我呀，是一眼都不想看他，就为这我也得把他放到加拿大。加拿大人说话他一句不懂，我看他找谁杠去。咦小丫，你这珍珠项链真好看，哪儿买的？

立国送李卉回学校，已经是暑假开学两个月之后了，班主任有些迟疑，说李卉请了这么长时间病假，还能不能跟上学习进度？李卉当即表示，老师你就放心吧。后来李卉的表现果然让老师很放心，考试成绩一次比一次好，原来划重点学生没有李卉，后来班主任把李卉放在重中之重。

　　李卉又回到学校，自此，秦小丫正式进入陪读状态，一日三餐准时做饭，隔一段时间去学校做看晚自习的家长，节假日又陪李卉去各种补习班。每天晚上都等在学校门口把李卉接回家，李卉回家后吃饭洗漱，坐在灯下学习到深夜，秦小丫就跟在李卉后面各种收拾，然后陪伴到深夜。第二天一早，李卉骑自行车去上学，汇入上班与上学的车流里，直到秦小丫再也看不见。

　　日子进入该有的轨道，或者说秦小丫又被重复着的每一天所淹没。

　　也不完全是。

　　在送走李卉和做中午饭的这个时间隔断里，秦小丫还有一件事要做，那就是去新家坐一会儿。

　　果真如李立国说的那样，要买就买有本的正经房。李立国和秦小丫在大禾的房子是早几年买的，靠着原始积累和结婚费用，那成本本来就不大的房基本没有给他们的生活造成任何影响。多年以后秦小丫想要在省城买房，其实也是逼自己一把的道理，李立国马上就能明白。住在大禾固然是稳定而有尊严的，但幸福感也是轻易的、即时满足的。秦小丫一定要在省城买房，不过是要磨砺自己以延时幸福，去体会向上的快乐。

　　李立国自己呢，年过四十了还真没有办过什么大事，假如在省城买房算一件，那就是它了。平日积攒和从未动用过的公积金，就足够交一半房款。与秦小丫的不管不顾不同，李立国有了周密计划，贷多少款，用多长时间还完，他步步为营。在这种周密里他体会到一种隐秘的快乐,感觉自己还不算被日常淹没的废人,还能在面临大事时显出静气。同时也暗自感谢秦小丫,她是把李立国这块沉淀物搅动起来的力量。

李立国一旦不抬杠,买房这个事很快就落实下来。是现房,拎包入住。因为离学校远,秦小丫和李卉并没有搬到新家住,而是依然住在地下一般的出租房里。住和住不一样,之前的租房的确是地下一般,现在有新家做底衬,这地下一般的出租房里开始有了趣味,连投进来的光都格外明亮些。不但出租房是这样,连日子也是这样,虽然是重复着的每一天,但还重复出一种现世安好了呢。

新家的视野和光线都特别好,尤其躺在床上,阔大的飘窗简直是切割天空的天然画框。蓝天白云的画面上,涛走云飞云图变化,偶有小鸟或大雁飞过,像是给蓝天这块大文章打个标点符号。秦小丫看着这样的蓝天白云,就不是躺在床上,而是躺在誓言里。大学毕业那一夜,秦小丫站在省城流光溢彩的黑夜里,对着瀚海一般的万家灯火发过一个誓,她说,要有一个窗口是属于我的。

从十二楼的窗口往下看去,万国小区被绿色包围着,树如伞盖,灌木被修剪成球形,草坪上的草皮是美国进口过来的,在喷水花洒下闪着亮光,这样的景色最适宜居高临下。正是一天中太阳最好的时候,阳光从阔大的玻璃窗穿透进来,客厅的现代装修简洁而低调,一股不易觉察的奢华弥漫散发。

一年后秦小丫坐在布艺沙发上,看着李卉笑,李立国坐在她身后,架着二郎腿,举着一份报纸心不在焉地看着。李卉梳个马尾辫,穿个浅蓝牛仔裤,上身一件天蓝色大背心,随随便便简简单单,但就是怎么看怎么好。录取通知书已经下来了,李卉以 606 分的高分被华东师范大学录取。接到通知，秦小丫整个人豁然开裂，风从四面八方一下涌入裂缝，身体鼓胀得厉害。气太足，秦小丫感觉自己只要张开手臂，翱翔天空也不是没可能。

秦小丫穿一袭香云纱的长裙，挂一串翡翠石的项链，头发高高盘起，嘴唇一抹西瓜红，抱着膀子看人，一副不爱世人的清冷劲儿。李卉说，妈你现在风格变了哈。秦小丫说，好看吧，我才发现我是多喜欢这样的风格。李立国放下手里的报纸，从沙发上站起来，坐到离秦小丫更远一些的椅子上。这样的秦小丫，李立国实在多看她一眼都不想。

李卉更加漂亮了。这漂亮，与她考上好大学有关，但还不止，这漂亮是超越年龄的，像天上挂着的一弯月，因为是用了饱蘸着深情与忧郁的眼看去的，故而有了超越月本身的意境，可入唐诗，可入宋词，是往不朽处行进的。但还不是只有意境，那该是通体灵慧的，是不言而喻的，是一点即通的，是池塘里开放着的粉色荷花间隙里的月，是森林里挂在鼓着一双黑眼睛的小鹿角上的月。

秦小丫把李卉的录取通知书拍了照，加上各种边框和场景发朋友圈。

李立国说，咱不那么虚荣行不行？

秦小丫是爱慕虚荣的人吗？好像有点，但虚荣要有虚荣的资本，你看看我们李卉，个子高吧，人还长得漂亮，人漂亮吧，唉，学习还好，秦小丫说我有时候是真羡慕自己，能生出李卉这么优秀的孩子来。

看秦小丫心情好，李立国还是趁势说，要不，把我爸我妈接来住几天？

接,为什么不接,秦小丫说。反应很让李立国感到惊奇。李立国没让秦小丫失望,秦小丫也不能让李立国小看啊,在省城有了房一定要接公公婆婆来住几天。

说好了婆婆要来省城住几天,但很不巧,秦小丫火车票已经买好,今天就回大禾。

与婆婆斗,其乐无穷。

两个多小时的动车,秦小丫率先出站,把李立国和李卉远远丢在身后。所有的包都在李立国一个人身上,谁让他是男的呢。

大禾人历来重视读书。如李立国说的那样,大禾的学校和办学能力以及学风都是全省翘楚,莘莘学子有从全国各地来大禾念书的,也有从大禾走出去到全国各地念书的,所以大禾车站聚集和流动的人少有民工而多是学子,以及接送学子的家长。大禾怎么这么好。

秦小丫一出火车站,大禾的风就扑面吹来,撩起耳边的头发,一时间,楼房林立,车辆如矢,人声鼎沸,家乡话充盈双耳,羊肉泡味道飞窜,油泼面招牌鲜亮,卖苹果的跛子老梁,叫卖声还是蒲剧念白样,就连写在墙角那句骂人的话,也还是那么悍然且稳固。秦小丫深吸一口气:大禾,我回来了。

首先是回婆婆家。婆婆早给秦小丫打了电话,下火车就回家,一进家咱就吃饭,婆婆说。三年高中,李卉没回过大禾,不但李卉没回,还把秦小丫也拽到了省城,秦小丫一去省城,李立国自然就跟过去。所以婆婆和公公不但见不到孙女,事实上也见不到儿子。这让婆婆和公公明白一个道理,不想见秦小丫,等于再也见不到他们心爱的儿子和孙女。

一进家,才发现家里不只婆婆和公公,还有两个姑姑和姑父,还有二姨和二姨夫,还有大舅大妗和大舅大妗的两个儿子和媳妇,当然,少不了李卉的表姐表妹和表弟。

公公主厨,满满上了一桌菜。酒是二十年汾酒。菜上齐,酒开瓶,姑父姨夫和大舅都和李立国碰杯,姑姑、姨姨、大妗和表弟妹都夸秦小丫不但能干还越来越漂亮。回头看去,和众多表姐表妹表弟们打闹在一起,比李卉个子高的,笨了;比李卉个子小的,矬了;李卉怎么看都是最打眼的那一个。也不见得有多漂亮,反正就是有一种超越年龄的东西,说不清是什么,让李卉看上去很不一样。如同李卉周身有一层水泽之气,充满灵秀,和谁在一起就压谁一头,一眼看上去就是个大禾都放不下的娃。这么看着,婆婆笑了,在省城上过学的人就是不一样,秦小丫是对的。婆婆从怀里拿出两个大红包,一个给李卉,李卉考上好学校,应该奖励,这两万是奖励金。大家都鼓掌,李卉推辞一番,最后只能接住。另一个红包,婆婆说小丫辛苦了,劳苦功高,这三万,给小丫。

婆婆这钱,给得体面又荣光,秦小丫在大家的掌声里接下了钱。婆婆说,你们仨明天去拜拜关帝。

7

拜庙之前,秦小丫先去找老陈。一片小店,一个窄门,一个老匾额,上写"稷山麻花"四个字。秦小丫探头往里看,老陈系个大白围裙正搓麻花呢,看见小丫了,呀一声笑,说好久都不见你,还以为你忘了这一口呢。秦小丫也笑,说怎么会,我想你的麻花都快想疯了。

老陈在这里卖麻花很多年了。老陈平时是在大禾卖麻花,但逢年过节和秋收的时候都回农村老家,老家有老陈的老母亲和亲兄弟。这就是老陈麻花好吃的原因了,经常回老家,老陈身上的老家味就不散,和在面里,面就格外筋道些,细品下去,连老母亲院子里老枣树的味道都能品出来。老陈回去帮兄弟种麦割麦,老家的侄儿来大禾给老陈送油,油是今年新榨的。侄儿腼腆,来老陈这里,也不进店,站在店前喊一声大爸。老陈应声出来,见侄儿露一嘴白牙对着老陈笑。用这样的油炸麻花,再配以老陈的粗大指骨和紫棠脸色,这麻花想不好吃都难。当然,你得先要学会忽略老陈大白围裙下一双满是灰尘的鞋。

稷山麻花只能在大禾买。省城万般好,没有老陈的麻花都拉倒。秦小丫买了一箱子麻花,这才上车出发去关帝庙。

车都到关帝庙了,秦小丫说,谁让你把车开这里的?李立国一脸蒙,看着后视镜里秦小丫的脸,不是来这儿吗?李卉也不明白秦小丫是什么意思。高考之前之后来关帝庙拜关帝是大禾人的习俗,不但高考,大禾人每一个愿望和希冀都是告诉关帝的,关帝是咱自己的神嘛。

秦小丫用手一指,去关帝家庙。

都知道大禾有关帝庙,却少有人知道,大禾不但有关帝庙还有个关帝家庙。庙里供奉着关帝的夫人胡玥娘娘,这也是天下少有的。关帝受天下人崇拜,享有规格最高、数量最多的庙宇,达到"天下无处不焚香",然而"千家关帝庙,独漏关夫人"。唯有大禾的关帝家庙,既有"神勇"的关公,也有关夫人胡玥娘娘。

娘娘殿是歇山式两层结构,屋顶一条正脊,四边垂脊,垂脊之上又有四条戗脊,九条屋脊挑起一副昂扬之姿。大殿上胡玥娘娘由白玉石塑就,戴凤冠,披霞帔,富贵且庄严。

胡玥娘娘是土生土长的大禾人，父亲胡斌饱学诗书，是大禾的一位宿儒。胡斌在乡里开办学堂，教授文、武、礼、医、艺，关公正是胡斌学堂里的学生。胡玥和关公同在学堂学习，日久生情，胡斌也看重关公一身本事，便为二人举行婚礼。婚后第二年夫人生子关平，关公因铲除当地恶霸避难他乡，胡玥娘娘抱子逃匿山村避难。居住在山村，胡玥娘娘发挥从小跟随父亲学习医道的特长，为母子生计，也为劳苦众生，娘娘不辞劳苦，上山采药，熬制丹药，为当地百姓治病疗伤，护佑着一方平安。胡玥娘娘还传授老百姓草药习性和治病药方，还教授老百姓如何制药，如何拿到集市交易换取收入。胡玥娘娘受百姓敬爱，成为医药和赐子之神，由此胡玥娘娘在这里享受的不是配祀，而是独祀。

　　秦小丫把箱子里的麻花拿出来供奉给娘娘，娘娘就该享用人间最好的食物。秦小丫说娘娘多难呀，男人出去建功立业，她一个人带孩子，还得避难，还得周济众生，多难。李立国说，你爱吃麻花娘娘也爱吗？秦小丫说肯定爱呀，娘娘也无非我们大禾人。李立国还是看着秦小丫笑。秦小丫被看不过，问你一双眼贼兮兮到底笑什么？李立国说你今天真好看。李卉及时纠正，那怎么是今天真好看？我妈是每一天都好看。李立国认真了，说，不是的，你妈只在好看的日子里好看，在不好看的日子里，难看着呢，咱要实事求是。

　　所以说李立国这个人，你就不能指望他上道，秦小丫都懒得理他。

　　李立国这么一说，李卉马上就开窍，醒悟道也是哈，我妈要是难看起来，那是真难看，能要人命。

　　暑假转眼结束，难看得能要人命的秦小丫和李立国乘飞机送李卉去上海。上海是个魔幻城市，李卉往东方明珠下一站就着了魔，当下做出决定，爸，妈，上海好，将来我工作结婚都要在上海。李卉身材高挑，双腿细长，她眼里有狠，脸上有光，上海的霓虹照在她身上，像长上去的一样。秦小丫和李立国看着李卉，几乎同时意识到，李卉回不来省城了，更不要说大禾。李卉要不这么说，李立国也觉得上海好，李卉这么一说，李立国当即反对，在什么上海啊，上海工作有多难找你知道吗？上海离省城有多远你知道吗？你要在上海了将来我想见你一面都难。李卉的胳膊本来是挽在李立国的胳膊弯里，李立国这么一说，李卉当即就甩了李立国胳膊，说这上海，我来定了。

这次，秦小丫罕见地没有和李立国杠起来，李立国和李卉都回头去看秦小丫。秦小丫远远站着，东方明珠在她身后，像是她脑袋后发出的光晕，原来，她对大城市一无所知，而她穷尽一生所向往的，真的是大城市吗？东方明珠顶端的灯光真不错，如梦似幻，一架飞机穿越而过，像一切为了理想而奋斗的人，用活着的方式纫过命运的针眼。

现在好了，家里就只李立国和秦小丫两个了，早知道就该对李卉好一些，再好一些。生一个孩子，能和你在一起的时间，顶多十几年。

家处处熟稔，这熟稔是圆润的，包了浆一样，在暗色里流动，闪烁。拉开窗帘，看摆放在窗台上的那一盆三角梅，居然开花了，在夜色里迎风摆动。这是熟稔之下的动人之处，如包浆不动声色的光华，那是重复的力量所在，久了，生出信念。

李立国站在秦小丫身后，秦小丫说，难为你还记着给花浇水，一回头却看见李立国在笑，充满邪恶。李立国说什么叫充满邪恶，多好的事一到你这里就变味，你还能不能把好看进行到底？李立国一点一点向秦小丫靠近过来。

一般来说，火星和太阳分别位于地球两边，太阳升起的时候，火星在西方落下，而当火星从东方升起时，太阳恰好落山。但有一种天文现象叫火星冲日。即火星、地球和太阳排成一条直线，火星与太阳视黄经相差180度，这时太阳照着火星的一面完全朝向地球。这种现象也不是十分罕见，大约每23至25个月就会来那么一次。李立国今天要和秦小丫火星冲日，此外的一切天文奇观都归零。

李立国你要干吗？秦小丫问。

干吗，你说干吗，我们可以考虑生二胎了。李立国回答。

窗帘被吹起，风趁势进了家，在家里巡视一圈，只听吧嗒一声，灯开了。

李立国的声音，秦小丫你干吗？

秦小丫的声音，我就问你，省城那个孙大夫到底是谁？怎么就和你同学了？什么时候的同学？为什么你从来没对我说过？你怎么就有她的电话了？你们是一直保持联系还是经常见面？你们在哪里见面？你们到哪一步了？你们……

李立国说，你是问孙大夫啊，我忘了跟你说了，上学那会她一直追我来着，她是一门心思想要嫁给我。

秦小丫说，那你不娶她？她条件那么好，还漂亮，娶她你早都是省城的人了。

李立国说，我为什么要娶她？她越是条件好我就越是不娶她，我天生反神仙。

以活着的方式

123

无上密

1

死亡一下子就提到日程上了。

突发脑出血，在医院抢救了一夜的老高还是没有醒过来。此时，老高仰面陷在白色被单里，在冬日早晨的惨淡阳光下脸色发金，双眼微闭，嘴巴微张，下颏上的白胡茬倔强而强硬地朝上指着。他脑袋被开了三个洞，每个洞都插着引流管。除此之外，身体其他部位能插管子的部位也都插着管子。生命体征监测仪表上闪烁着的各项指标，每一个都倏忽高上去又倏忽低下来，与老高平日的严肃和板正极不相符。

医生掰开老高的眼皮，瞳仁一个扩散，一个收缩。老舒问医生，还能醒过来吗？医生没回答老舒的问题，反倒问了老舒一个问题：老高今年七十三了吧？老舒回答说：是。医生这才回答老舒的问题：百分之五十是醒不过来了，但百分之五十也可能醒。

穿行人间七十年的老舒本来已经活通透了，但在得到医生这个回答后，重新陷入迷茫，这到底是能醒呢还是不能？

天色大亮后，老舒和儿子小高做出决定——通知亲人。趁着老高还有百分之五十醒来的可能，该让亲人们来见最后一面。

最先赶到医院的是老高的弟弟和老舒的妹妹。老高的弟弟叫老舒嫂嫂，老舒的妹妹叫老高姐夫。老高的弟弟称呼老舒的妹妹小姨，老舒的妹妹称呼老高的弟弟三叔。这都是指着小高的辈分来称呼的，以示对对方的尊重。小高当着老舒的面问，小姨，三叔，你们看我爸还能醒过来吗？

小姨低下了头。

三叔一言不发。

老舒一下就明白过来。老舒也不是一下明白的，是一直明白，只是这明白苫着一层布，只要不揭开就假装热气散不出来。明白之后，老舒不露悲戚，反而更加镇定。把随身包检点一遍，该吃的药和该打的胰岛素针都在包里，保温杯里有水，糖块五个。老舒糖尿病史二十年有余。打胰岛素会诱发低血糖，所以保温杯和糖块是必备。假如老高的事真出来了，那老舒一定不能瘫下，一是要好好打发老高，二是坚决不给儿女再添事。

随后亲人们陆续赶来，姑姑、舅舅、婶婶、侄儿、外甥。谁来了都叫不醒老高，老高只睡他自己的。

接着，在北京工作的英也赶回来了。

显然，情绪比英本人更早到达。饶是如此，一进病房看到昏迷不醒脸色发金的老高，英还是震惊无比。英晚上睡觉有关手机的习惯，等第二天清晨洗漱完毕了才开手机。这一开手机不要紧，手机里有十几个未接电话，都是哥哥小高打来的。电话一旦接通，英的情绪就爆发。

这下，老高的老伴老舒、老高的一个儿子小高和一个闺女英都聚在老高身边了。老舒用手抚摸老高的脸，说老高你醒醒，你看看，我们都在你身边，你就没有什么话要对我们说？

老舒的声音有点颤也有点哽，再说不下去。老高呢，还那样，两条腿偶尔在被子下抖一抖，那样子好像是能听到老舒说话，也想着要回应老舒，但隔着身体这道最大的障碍，老高跳不出来。

病房外，小姨、三叔和姑姑舅舅侄儿外甥，已经在商量老高的后事了。

住院部和手术室是连在一起的两座楼，手术室外间恰是一个阔大的等候厅,亲戚们都聚在这里。

最一开始,亲戚们还真不是商讨老高后事的,是惊讶与彼此的见面。

小姨和三叔有将近二十年没见面了,彼此都被对方的老惊讶到了。再一看,侄儿由原来一个青葱后生变成了一个油腻中年人,舅舅也不是原来的英明神武,看上去老而迟迈,一双眼珠盯住了谁半天转不开。姑姑也是霜结满头,身材委顿得很不堪。上一回双方亲戚见面还是英结婚的时候,这一晃就是小二十年。大家相互感慨,惊觉时光太快的同时猛然觉出,老高也不年轻了,属鼠的,今年七十三。

七十三,八十四,阎王不叫自己去……亲戚们这才开始商讨起老高的后事。

这一天是1月5号,小寒,气温骤降,风来得太快,宛如平地拔起,态度前所未有的强硬与决绝,刀子一样刺着城市的钢筋水泥。街道两旁的树杈晃动着,发出呜呜的啸声,竟凭空多出几分悲鸣。假如这是为老高发出的,倒十分契合。老高生平正直刚烈,恪守原则,不媚俗不掺假,不苟言笑,配有这样强硬的天气来做一生的注脚。

亲戚们商讨老高后事,无非是对老高钦佩和感慨的延续,顶多是一种情绪和隐忧,不一定真能拿出办法,毕竟小高和英才是老高的当事人。而小高和英,还是要看老舒的意思。有父母在,孩子到底只是孩子。

没人敢和老舒提起。

老舒一直守在老高的病床前,一直用手抚摸老高,一直对老高说话。都是疑问句,问题也不难,问老高要吃吗难受吗你知道你现在什么情况吗?

老高这个人，钢了一辈子，并且越活越直，连走路都不待弯腿腕了，生怕不直。话少，要么不说话，说就必是行动，行动必要见结果，实心钢筋一样的意志。还看谁都不在眼里，谁在他眼里都低三分。老高后来满头银发，发际线后退，又瘦又高，老远一看，像孤愤的白头鹰。等走近了再看，妈呀，活脱就是白头鹰，脸面黑而眼神锐，不怒自威，谁见了都要怵一怵。

对老舒的提问老高一概不理。这倒也符合老高平时的秉性。在平时，老高一不高兴就不理人，人也不知道他是怎么了。老舒问，又生气啦？老高不理人，脸色发金，睡得呼呼有声。

老高从来不是个爱睡的人，辛劳一辈子的积习，退休快二十年了都没有修正过来，依然珍惜寸金光阴，每天不走够一万步都觉着一天白过了。老舒俯下身近距离看老高，想要在老高脸上身上发现一些细微的变化来。

老高头上有三个洞，每个洞口的插管都有瘀血被引流出来，看上去有条不紊。老高的脸还是发金，但仔细看去，金里透着红。微微红，不仔细看，看不出来。这使得老高的气色好了很多，好像充满希望的样子。

再仔细看，还会发现老高被子底下的腿也不是乱动，是情绪激动了才动，这充分说明老高是有感觉的，什么都能听到心里，也明白，只是不睁眼而已。医生说那只是神经动，无意识的。但老舒不这么认为，英进来的那一刻老高就动得异常激烈些，这不很能说明老高是有感觉的吗？

老舒把耳朵凑在老高嘴唇边听，然后自己给自己翻译：挺好的。没事。马上就能醒。

2

一夜之后,老舒对老高有了强烈不满。

老舒对小舒说,你姐夫真是太自私了,怎么能这样?

哪样了?小舒不解。老舒说一辈子了都是我给他做饭我照顾他,他还从来不少吃,吃还必得有肉。老舒指指餐桌,说就在昨天还吃了那么多焖面呢,面里肉还不少。这么说着老舒就疑惑起来,难道是昨晚肉吃多了?也没高兴也没不高兴,也没剧烈运动,也没忘吃药也没忘泡脚也没忘睡前做操,怎么就脑出血了呢?要说有什么不对,也就是多吃了点这一项不对。可又能多多少呢,顶多两筷子。

老舒的不满就来自多出来的这两筷子。老舒说从来都是我给他做饭,惯得他,这辈子谁的饭都不能吃了,就只能吃我做的。老舒利索,是一把好手,干啥啥好,做饭尤其香。老舒说这回要是真有个什么事,那你姐夫可真是一点苦不受,吃着喝着就去了。他倒是不受苦了,留下我怎么办?

被留下来的老舒说话间血压就飙上来了,与此同时,血糖也往上升了不老少。

这一晚,电话千万不能响。

这是晚上 10 点,从送老高到医院至现在,老舒已经超过十二个小时没有睡觉了。老高还在医院里生死未卜,由小高和英守着。小舒陪着老舒在家里。已经有一个躺进医院了,老舒不能再有事。

老舒也七十岁了,身边不能没有人。

伺候着老舒吃过降压药,打过胰岛素,小舒就坐在沙发上看自己的手机。小舒这个人，嘴少而性愚，这种时候，她也不知道该对姐姐老舒说些什么。事情就是这么个事情，谁都心知肚明的后果，要小舒说什么？

假话小舒肯定是不愿意说，真话肯定也是不能说，劝解的话小舒又不会说。比起智商来老舒已经成精，有什么是她没有打通穿透的需要愚笨的小舒来劝解的？所以小舒宁愿低头看自己的手机。

临睡前老舒给手机充电。手机是老高的，老舒说一定要充好电，明天老高醒过来要用手机呢。老高那手机，都充一晚上电了电量也还在百分之九十，永远充不满并且总是自动黑屏。老舒这就更对老高有怨言了，早对老高说了要换手机要换手机，但老高就是不换。能接打电话就够了，其他都是多余，老高总是这么说。可这世上想要再找出一个老高都难，就是这么倔。老舒说，老高要是能过了这一关，一回家我就给他买部新手机。

过关这一说，还是老舒弟媳妇的话。白天的时候弟媳妇拉着老舒的手说，姐姐你不要担心，没事的，这是我姐夫在过关呢，把这一关过了我姐夫就好了。

这话老舒一下就听进去了，觉得弟媳妇说得一点儿不错，本命年，庚子年，七十三，这都是关啊，老高可不就是在过关嘛。联想到老高钢铁一样坚定又坚强的意志，联想到老高还那么喜欢吃肉，联想到老高不能不管自己，老舒就觉得，老高一定能过了这一关。老高是个非常有原则并且非常有担当的人，这一点不需要任何怀疑。

老舒和小舒睡在一张床上。

然而，老舒翻了一百单八个身了，依然睡不着。

夜是往深处行进的，呼呼带风的样子。至少摆放在窗台上的绿萝和悬挂着的窗帘都是微微摆动着的。火车高速行驶过的轰轰声，感觉比以往更风驰电掣些。夜里的房间比白天更加阔大，尤其在今夜，仿佛有一万匹马在房间里集结，仿佛有一万个战士在捉对厮杀。夜是消音器，把马蹄繁杂与人声嘶吼全都吸收。老舒只是翻了个身，就觉着火光一闪，伏尸遍野血流漂杵。一万匹马的尸体和一万个战士的骸骨，把个房间填得满满当当结结实实。

老舒出不上气来，用力翻个身才换上一口气。身边的小舒悄无声息，也不知道是睡着了还是没有。

有小舒睡在身边，老舒的胆子壮了很多，气也为之一顺。这时候觉得有个妹妹是真好，真的好。老舒轻声喊，小舒？小舒问，你是要喝水吗？

老舒不要喝水，她就是喊一声，并且听到妹妹的回应就心满意足。没有什么比有个妹妹更让人安心的了。

小舒一回应，一万匹马的尸体和一万个战士的骸骨都能消失。老舒躺在床上，床在夜里。老舒想不起妹妹小时候的样子，只记得她总是满脸倔强的表情，脸小肩宽，一副难容于世的样子。不过她马上又否定了自己，中年发福的妹妹哪里是不容于世，分明是与世界达成和解甚至完全缴械投降了，不然眼角眉梢处不会全是谄媚和卑微。

妹妹小舒比老舒小二十二岁，彼此除了血脉其余几乎没有任何交集。二十二岁的年龄差足够再造一代人，小舒和小高就是同龄人嘛。这些年，在妹妹身上都发生过什么老舒一无所知。老舒这才惊觉，自己和妹妹之间是有多生疏。

生平第一次，老舒主动拉住小舒的手。假如这样的一个冬天夜晚需要温度的话，那这就是了。

在老舒手里，小舒的手没有反握回来，还那样平平的，死过去的鱼一样。老舒换了拉法，把自己的掌心对准小舒的掌心。但那手还是死鱼，没有活过来的迹象。哪怕是脑出血后的老高呢，你只要拉他手，他都能痉挛着往里勾一勾。

人，远比荒野更荒凉。这是真正超自然的现象。

老舒心里有些难受。

也不是心里难受，是真的很难受。老舒呼吸骤然紧迫，心在胸腔里狂跳如兔，身体开始打战，手脚发软。

不好，低血糖了。有二十年糖尿病史的老舒很有经验，立刻拧亮灯。灯是轰响在房间的炸弹，起着雪亮的火光。老舒和小舒同时从床上弹起来，小舒无比惊慌老舒沉着冷静。老舒说，水。小舒忙把保温杯递给老舒，老舒仰脖子往嘴里猛灌。

不够，再倒。茶几上有苹果，冰箱里有糖，快！老舒说。她浑身打战，脸色苍白，蓬乱的头发在灯光里每一根都格外动荡飘摇。

小舒与老舒继承的是同一种基因，都是手脚格外利索。倒水，拿苹果，开冰箱，动作又轻又快。但是，冰箱里没有糖块。用 0.1 秒时间反应，小舒关上冰箱，准确地从茶几下摸到糖块。睡觉前小舒的眼睛扫到过这几块糖。

接到苹果，老舒立刻啃下去，那样子，怎么说呢，像是几辈子都没吃过苹果的样子。小舒在灯后面看着老舒，又骇又怕。老舒坐在小板凳上双手抱着苹果咬，像猛虎扑住白兔子，要多凶残有多凶残。但这凶残，杀着人的眼睛，逼着人流眼泪，不由自主的那种。

一个苹果一杯水后，老舒看小舒，说你倒是给我剥开糖啊。一个错眼珠的时间，老舒五块糖干下去了。

十几分钟后,老舒舒缓了许多。对小舒说,高血糖正经不怕,不要命,但低血糖想要人命那是分分钟的事。凡打胰岛素一定会有低血糖反应,老舒说,我有经验。有二十年糖尿病史的老舒遇到这种情况不是一次两次了,她的经验足够编一本低血糖自救手册了。

只是把从未经过如此阵仗的小舒吓得够呛。经此一役,小舒的心理压力呈几何数倍增。她是来陪老舒的,把老舒照顾好是她的责任,但老舒如果是这个样子,这责任可就不那么简单。

再次关灯后,老舒发出鼾声。太累了和太渴了是一回事,得到床铺如同得到水,都有着咕咚咕咚的畅快。

这一回,轮到小舒来清点一万匹马的尸体和一万个战士的骸骨了。无论如何,身后的老舒总算是睡着了。只要她能睡着。小舒的心理压力逐渐递减下去,有那么一瞬好像是睡过去了,但其实根本不敢睡,浑身的每一根神经都搭在老舒身上,老舒千万不能出差错,老舒要是有什么差错,她可怎么跟两个外甥交代?

冬在走它的历程,风在使它的性子,夜在往最深处跌落,压在一万座山下的小舒朦胧了。这是年轻的好,一万座山也不过是多层被子,只要是在被子里,觉就还能在风中结它的种子。

就在小舒将要睡着的时候,老舒醒了。只要老舒醒了,就还能在夜里翻她的一百单八个身。

3

挺过一夜的老高还那样,一个瞳仁扩散一个瞳仁收缩。

老高在单独一间房里,不是病房,是手术处置室,只放一张病床，再多哪怕一张凳子都没有。小高盯了一夜生命体征仪，这一夜，老高的血压突然高起来了，小高赶紧找医生和护士，值班主治医生带领护士立刻给药，很快就把血压降下去；体温突然又高起来了，小高赶紧报警，主治医生带领护士有条不紊给药，很快又把体温降下去。如此反复，小高就是这样过了一夜。

老高又挺过一夜，这让老舒看到的希望无限大。老舒抚摸老高的脸，给老高提各种简单并易于回答的问题，凑近了仔细看发生在老高身上的细微变化。

看到小高的样子，老舒也心疼，要小高回家补个觉。小高手里拿着一大沓单子，说，我回什么家啊，各种事等着我处理呢。

正赶上临近一个地区突发疫情，城市气氛骤然紧张，医院就更不要说了，高度紧张，如兵临城下。医院绝对拒绝人群集聚，严格要求陪侍人员一个病人一个，并且必须做核酸检测。而在楼下，等着做核检的人已经排成百米长队。

英从北京回来的时候，石家庄还没有发生疫情，故而回来的过程还算顺利。一夜之后急转直下，不但石家庄，包括北京都限制了出行。幸亏英早回来一天。

出入医院需要出示行程码，本城的人可以通过但异地的不行。英的行程码显示是从北京来，她只要出了医院大楼就再难进来。想进也行，请出示你的核酸检测结果。

但工作人员又不给外地人做检测，至少当下不能。

英的焦躁越发明显，这种绕圈子把人往来回胡同里赶的事，她不能接受。

英是个智慧的人，与其他所有具备智慧的人一样，焦躁也好，暴躁也好，她隐忍不发。

很快，英就做了核酸检测，并且办下来陪侍证。三天之内老高都是高危险期，别说一个人，就是再来两个人也照顾不过来。

医生给老高上了氧气，这样，老高每呼出一口气，氧气罩就蒙一层薄薄的白雾。这使得老高的每一次呼吸都有据可查。老高脑袋上有干涸的血痂，那是做手术时留下来的。老舒用热毛巾一点一点擦拭。医院只允许一个陪侍人在病房，老舒、小高和英三个人就轮换着来，一个人在里面，其余两个出去在外面等。

外面，即手术等候厅。这里，小姨、三叔还有小高的媳妇小闫等待着接应。小姨是要照顾老舒，三叔呢，是拿主意的人。小闫是儿媳妇，不能少。

大家聚在一起商讨。小高说，最好的情况是，十天也好半月也好甚至三个月也好，等我爸醒过来了我们立刻转院，转最好的医院或最好的康复中心。最坏的情况就是……，那该怎么办就怎么办吧。

老高和小高在一个单位，这么多年来，单位里那么多婚丧嫁娶，小高看得也多，真是看也看会了。所以小高气沉得很稳。

小舒说你说反了吧，应该是最好的情况是你爸爸真不行了，该怎么办就怎么办，又干脆又利索又体面。最坏的情况才是你爸十天半个月或三个月后醒过来了，生活不能自理，那你才是真陷在泥里了，从此休想有体面。

小舒真是有什么说什么。小高尴尬一笑。别说，这个笑话还真有笑点，起码不是强行挠人胳肢窝的那种。

三叔问，你们想过没有，一旦出来事，是火化呢还是回老家县城?

还能回老家?小高和英都是一愣。从二十岁起老高就是在省城工作和生活的,五十余年了,他还回得去吗?固然,父母在的时候老高和老舒年年回,父母不在了也年年回,老家还有兄弟姊妹呢。直到连兄弟姊妹们也一个个都离开了老家县城。现在,老家已经没人了。

我的房子还在县城,三叔说,有房子在就能回。

当然是回老家更好。

那么,什么时候回?怎么回?

现在回不太现实,老高这么高危,一路颠簸,等回到老家不一定还能活着。再说回去了哪里还有医疗?老高的确高危,但老高的确还在抢救过程中,有万分之一的希望肯定不放弃。

那就等出来事后再回?如果那样,老高不一定能回去,首先不吉利,其次是怕左右邻居不答应。乡俗如此,不让已经去世的人进街巷。

不让进街巷?那就是不能回了?

三叔说,不让进街巷就不进,在城外荒野地搭个灵棚照样办事。这不是三叔想出来的办法,这是县城里很多人办这种事的办法,无论什么原因死在外面,都是以这种办法回来的。回来是最终目的。

在荒野地?这不可能,感情上不能接受。老高那么一个有智慧有尊严的人,作为老舒的丈夫和小高、英的爸爸,就不能。

那就不回,就在省城。

三叔说凭什么不回,我们在老家有祖坟。再说了在省城买一块墓地,也是一大笔钱。而且,无论是卧龙山墓地还是寿阳山墓地,距离省城也都有二三百里,不比老家县城近。每到清明和七月十五，来扫墓祭奠的长队能把高速公路堵死，那是真正的活人受罪。

可是，小高说，假如回老家，死亡证明哪里给开？没有这个证明很多事情都不能办，比如医疗费、丧葬费、退休工资以及各种补贴。老高医疗报销比例大，补贴也多，一起算下来也是一笔不小的数目呢。何况也不只是钱的问题。钱能解决的事都不是事，问题是很多事不是钱的事。

一时间，全都沉默了。等候厅里人不多，稀稀拉拉散坐着，显出一种阔大与清冷。两道厚重的手术室门都紧闭着，把人对死亡和疾病的抗争隔离开来。

风还保持着昨日既有的凛冽，大部分顺着城市的大街肆虐，撼动高楼撼动高架撼动一切由钢筋水泥构建起来的强烈。有那么一小部分是顺着玻璃窗缝隙以及楼道门缝挤进来的，有点扁，但锋利不减，在等候厅里来回窜。

人世间的事，绝大部分是被赶在来回胡同里的。

4

小舒问，你和我姐夫，你们商量过百年之后的事吗？

谁都不敢在老舒面前触及这一块，但小舒敢。这有什么不能触及的？好像不触及就不存在似的，好像老舒是个多脆弱的人似的，好像有什么是老舒想不通想不到似的。

小舒陪伴着老舒，但也多是低头看她自己的手机。

墙上的石英表无声无息地走动着，不知发生了什么故障，家里的暖气一点不热。老舒给自己换了一套厚厚的棉睡衣，这睡衣是老高的，老高一直不穿，嫌太笨。

小舒实在冷得不行了，才把手机放下，问了这么一句。

老舒说商量过。

就在去年，老舒和老高还专门回过一趟老家，给父母上坟，顺便看看将来埋自己的地方。就在父母脚下，长着绿油油的草，向阳又挡风，周围是茂密的庄稼。老高对将来属于自己的一片巴掌地很满意。不但老高，三叔也很满意，用脚指一指说，二哥你看，那是我将来的地方。又用脚指了一下说那是大哥将来的地方，到时候咱们仨并排躺。

不一定非得入土为安，这点觉悟还是有的。当了一辈子公家人的老高和老舒本来就把这事看得非常淡，活着的每一天都是认真的、正直的、努力的、无愧天地的，这还不够？

但是呢，祖坟又让老高和老舒看到了可能性，尤其看到父母脚下这块巴掌土地，更尤其是并排仨，简直能亲出眼泪汪汪来。钢筋了一辈子的老高，就是从那时候开始软下来的，甚至从眼里涌出了热泪。

为了不给儿女添麻烦，老高和老舒商量的结果是，假如那一天真来了，先火化，把骨灰盒寄存起来，等另一个事也出来了，照样火化，然后孩子们抱着两个骨灰盒一起回老家入土安葬。

既省钱又省事。这是老高和老舒能想出的最佳方案，以不给儿女添麻烦为第一要义，省钱是第二，入土为安排最后。

老舒说这些话的时候情绪平稳思维敏捷，顺带还做保健操。这个保健操老舒已经连续做了七八年了，效果非常明显。

做着操，老舒忽然说，我想起来了，前几天给你姐夫买过一套新内衣，你帮我一起找找。

小舒只好放下手机，和姐姐一起找新内衣。果然是新的，包装袋还没有拆呢。红艳艳的背心和裤衩在透明塑料包装袋里展示着簇新，有三分生硬，剩下七分全是傲娇，像极了有年龄优势的小青年。既然打开柜子了，那老舒就继续翻柜子，果然又找出一条没有穿过的新秋裤，也是艳艳的红。继而又找出一条新毛裤，这还是那一年英去香港出差给老高买回来的呢，一直没舍得穿。老舒说这几件明天去医院时都带上，你姐夫出院的时候好穿。

老舒还说，你姐夫要是过了这一关，我全给他买新的，从里到外全都新。

老高的专用柜还挺满当。里面每一件衣服老舒都能说出是哪一年买的，买的时候什么场景。浆洗干净的衣服像日记本，记录着老高几十年的生命历程，老舒把它们一一打开再重新折叠。

昨天一夜老舒几乎都没怎么睡，今天一天又在医院里，到现在了老舒一点要休息的意思都没有。不但没有，看这样子还越来越精神了。

啊呀，我想起一件事。老舒说，大前天我出门时不小心，羽绒衣被门把手勾破了，露了白。这么一说，老舒慌张起来，忙找出羽绒衣来看，果然在胳膊上有一处小三角口子，露出里面的白羽绒。老舒用指头按住口子，像是在补一个紧急缺口，说赶紧补。马上又推翻自己，说不能自己补，一定要找专业的人补，补得天衣无缝补得看不出破损才行。这不是个好兆头，老舒说。

就在这时，门铃响了。

老舒和小舒的脸色都为之一变。什么情况？老舒几乎要跳起来。

进来的是英。没必要兄妹俩一起都守在医院，小高让英回家休息，尽管比起英来小高更需要休息。但很多事情只能小高来处理，尤其在夜间，肯定是小高更合适一些。

老舒被白白吓一跳，但英也带来了好消息，老高的情况没有变得更坏。

英很憔悴，并且眉头紧锁，一口饭顾不上吃，先埋头刷自己的手机。北京的工作和家庭她是不由分说放下的，但总有很多事需要她处理。

英的焦躁和暴躁显而易见，对同事对家人都有着说一不二的强势，老舒和小舒都看着她。假如这个房间是有弹性的，尤其到了夜里会无限延展和拉伸，那么英晃动的身影和带有咆哮性质的动静就是及时止损。

趁着老舒去卫生间，英突然扭转头问小舒：如果我爸的事真出来了，该怎么办？

小舒白了她一眼，反问什么怎么办？事要真出来了，有你三叔和你哥呢。

那三叔和我哥该怎么办这事？假如设定是回老家，那么棺材、装穿、打墓、埋葬、事宴，都该怎么办？我们该准备什么？怎么执行？

知道得还挺多。小舒说现在的婚丧嫁娶是市场化一条龙服务你不知道啊？再说事情还没有出来呢，你拿什么执行？

英之所以知道的还挺多，是因为她婆婆去年刚去世。

婆婆家在河北一个安静自然的小村庄，以前英很想把寡居多年的婆婆接到北京住，但婆婆坚决不同意。婆婆在农村生活了一辈子，最终与农村长到了一起，谁与谁分割了都不完整。以生活习惯为理由，婆婆不肯离开农村，但其实到后来婆婆不离开农村的原因，是怕没有死在自己家的炕头上。死不到自己家炕头，就埋不进自己家坟茔。这种小心眼带着农村老太太的特质，但也是一种宏大的执念，懂得的人自然懂，不懂的人再解释也不懂。

从北京回河北农村老家给婆婆办后事，扎扎实实给了英一次头脑风暴。

太有尊严了！英说。

弥留之际，婆婆看了看守在身边的儿女，又看了看生活过一辈子的家，心满意足地闭了眼。感觉那一刻所有在漫长人生中受过的伤和吃过的苦，都随着眼睛的闭阖消散了。是一种真正的完结与关闭，有着成了佛出了界般的超然。假如世上真有得道成仙，这就是。

随后，擦洗身体，装穿衣服，入殓，盖棺，每一项都充满仪式感，在专人指导下由儿女完成。那是庄严大于悲痛的场面，不是伤心欲绝是哀而不伤，成年人的理智与情感在这种场面里得到最优质的体现。

整个过程是要有哭号的，是仪式，而且无比重要。哭号是一种重要的通告或宣示，向着自己也向着尸骨未寒的老人；向着亲戚和朋友；向着房间与房间里所有的陈设，以及陈设上面天长日久的包浆；向着院落与院落里的砖块、草木、猪圈、羊栏，以及墙头上蹲站着的一只鸟；向着村庄里正在晒太阳的老人，以及老人座下日久天长的大青石；向着山岚，和在山岚上流动的风；向着高天与厚土，以及它们覆盖和承载着的未知。

埋葬那一天，英很真切地参与其中，她感受到的是神圣，是对人的尊重也是对死的尊重。整个过程英一点没感到过害怕。"就感觉婆婆真的是升天了，获得重启。"英说。

老舒当然明白英的意思。由此老舒想到，老高最好的结局应该是回老家县城，虽然有五十余年不在场，但老高从来没有断绝与老家的来往，他也从来不把自己当成老家以外任何一个地方的人。五十余年不改乡音就是最好的证明。

回吧，回吧。老舒说。这是说给英的，也是给她自己的。

今夜，小舒和老舒还睡一张床。英已经很疲劳，老舒让英好好休息，把英安排在小卧室，又给英放了一套厚厚的棉睡衣，嘱咐英早点睡。

夜很深了，英有没有早点睡小舒不知道，但小舒知道老舒还是睡不着。

老舒也不是睡不着，她是五分钟睡一觉，属于打盹式睡眠。灯已经熄灭，但老舒一直举着手机看。手机的荧荧亮光打在老舒隐在黑暗里的脸上，看不出是悲伤还是寂寥。看着手机，老舒好像是睡着了，鼻息沉重喉咙带响。手机还在闪绿光，看不出是悲悯还是恶意。

鼻息忽地就停顿下来，同时老舒的喉咙里咕咚一声。小舒吓一跳，不会有什么事吧，但其实这是老舒又醒了。醒了的老舒，打嗝、放屁、翻身，随后又举起手机。"当初看不懂刘姥姥，看懂姥姥已中年""真实事件改编看完人生奔（崩）溃""忧郁王子姜育恒的爱情故事"，等等等等，老舒举着手机就是举起热闹，闹哄哄一片绚烂景象驱赶着由夜生发出的巨大空洞。

老舒睡着了小舒会担心，这么打呼噜老舒不会窒息吧，那咕咚一声有着什么东西掉进水井里再难捞起的恐怖。老舒醒了小舒就更担心了，如此亢奋绝不是什么好事情，连续几夜不睡觉，年轻人也吃不住，更别说七十岁的老舒。

老舒睡不着的时候，小舒肯定睡不着，但老舒睡着了，小舒不一定能睡着。由此产生出的压力变成竹签子穿透小舒，把小舒架在火上烧烤，高温三百六十度全方位炙烤，小舒的油和汗由里往外地散发。

老舒又一次看着手机睡着，但这睡超不过五分钟。果然，五分钟后，老舒再次举起手机，举起闹哄哄的人世间。小舒的油和汗，在高温火架上冒着滚滚油烟。

嘟——小舒耳朵里陡然起一声蜂鸣。这穿孔一般的疼痛啊！

5

第四天最危险，这是脑出血昏迷的规律。老高的脑CT结果出来了，引流效果达到预期目的，瘀血排除非常好。但是医生说，需要切开气管。

第一反应就是不同意。老舒和小高，还有英，都有点激动，坚决不同意。

在老舒来说，不同意只是因为害怕，那老高得有多疼啊。同时隐约觉得，切气管意味着老高的情况向着不好处行进。

医生耐心给老舒解释，切气管非常简单，几乎不算手术，而且切气管是必要的，病人会生痰，痰一旦淤堵很危险。医生说将来人醒了恢复过来，在气管上贴个胶布就能愈合，没什么可怕的。关键是，脑出血昏迷都是这种治疗方案。

果然非常简单，也不用进手术室，就在处置室里，医生用手术刀切开老高的气管，插入一根管子。整个过程也就十几分钟，包括前期消毒和准备，老舒全程在场。老高一点不疼，不做任何反应，也不躲闪也不抽搐，连咧一下嘴角都没有。老舒这才发现，老高的嘴唇是烂的。再往里看，发现上颚乃至整个口腔都是烂的。这是氧气造成的，也是必须切气管的原因了。

老高昏迷四天，也就有四天没有吃饭没有喝水，老舒摸着老高的手，摸着老高的脸，说老高老高你赶快醒来啊。仔仔细细看老高，发现老高变化不小，双颊陷下去了，舌头回缩，让张开的嘴巴有了一眼看不到底的黑咕隆咚，胡茬倒是一如既往地强硬，还长长了不少。两个眼皮微微翘起，露出眼珠，眼珠是灰色的。

哦，老舒说。

至此她再不给老高提问题了，哪怕是最容易回答的那种。

气管切开后，老高的生命体征仪还算正常。不可能不正常，所有的不正常医生和护士都能用药物调控到正常。

老高出了处置室，被转到重症监护室。

重症监护室还不如处置室，处置室起码只有老高一个病床，重症监护室却是八个病床。八个病床上都住病人，每个病人都守着一个陪侍，房间虽然阔大，但拥挤也是非常真实。

英很不满意这样的病房，但想要找出比这个更好的病房，还真没有。这个医院就没有单间。英也不满意医生和护士，没有一个能达到她的心理预期。但这已经很不错了，医生和护士都和小高相处融洽，给了老高最大的优待和好处。要相信小高的能力，他是已经把事情都处理到最好了。

不要拿北京的标准来要求省城，小高说。

小高是在厕所里突发晕厥的。往起一站只觉眼前一黑，耳听咕咚一声响。

随后才知道那咕咚一声是手机掉在坑里的声音。赶紧把手机从屎尿里抢出来，没别的办法，只能用水冲。大水冲过之后，手机完全黑屏。

这和来回胡同是一回事的两个版本,不用水冲肯定是不行,但用水冲了更不行。与黑屏了的手机不一样,小高眼前的黑,是黑里透着金,金色的小星星到处飞。小高只觉得两条腿稀软,脑袋被锯过一样疼。

与此同时小舒也出了状况,早晨起来脑袋有点闷,极具经验的老舒赶紧给小舒量血压,结果是高压200低压115。这是小舒第一次面临血压问题。老舒慌了,问小舒哪里不舒服?小舒说,没什么不舒服,只是腿有点软。老舒急忙给小舒量血糖,出来的结果是空腹10.1。这也是小舒第一次量出这么高的血糖,之前小舒从不懂血糖。也不用测量,单是看脸色就能知道小舒状态不好,她两个脸蛋红得都有些发黑了。你赶紧去医院找大夫,老舒说。

小舒说我去什么医院啊,都几天没上班了,假都没请,全拿着厚脸皮蹭,我得去上班。

三叔来到医院。二嫂,你今天脸色不大好,精神也不如昨天。三叔拉着老舒,坐在等候厅排椅上。一同坐着的还有英,她一直在刷手机,焦躁与暴躁越来越明显。小高和小闫在病房里,老高拉在病床上了,被子上床单上糊得到处是,他们在处理。

老舒拉住三叔的手,说出两个字:意义。

现在的老高,从生命体征仪上看各项指标都正常,但这正常不是老高的而是各种药物的。血压高就用降压药,血压低就用药升血压。心率快就用药减速,心率慢就用药增速。这样的生命体征是一种虚假,是水草丰茂之下掩盖着的荒芜沼泽。

七十三岁的老高,本身有萎缩性胃炎、肺气肿、高血压、糖尿病等诸多基础病，假设三个月后或是半年以后真醒了，又如何？前途不远，可以想见，就算醒了也只能是半个人，生活不能自理，神智不可能清楚。最怕连半个人也不是，根本就是个植物人。这是按照假如能醒来设定想象的，没有任何质量的生存意义何在？那是远比死亡可怕的深渊。更何况，老高醒来这个事，已经越来越渺茫了，这个谁也哄不了谁。

老舒问，假如你二哥会说话，他怎么选择？

这个答案是肯定的，假如老高会说话，他不会继续这种无效医疗，更不会延续无效生命。

二嫂，其实我昨天已经回了一趟老家县城，把事情都问清楚了，也没有想象的那么复杂，县城里有专门承办白事的一帮人，从搭灵棚到打墓再到安葬，从纸扎到孝衣再到花圈，甚至连哭丧的人他们都有，万事不用东家操心。所以，三叔说，一定想回就回吧。

这不是想回不想回的问题，这是应不应该回的问题。老舒反问，你觉得呢？

三叔说，回吧，太拖累人，时间一长谁都受不了，好身体都能给熬成病人，得心疼孩子们。再说了，回去了是咱们自己家，我二哥心里能高兴。

三叔七十岁，与老舒同龄，该有的通透都有了，甚至比通透更通透些，没有什么是看不开和想不到的了。

二嫂，人终究是有这么一天的，从古至今谁都逃不脱，只要人不受罪就是前世修来的福分，三叔说。他反倒安慰起老舒来了。也不知道这话是说给他自己听的还是说给老舒听的，但就是觉得这句话应该有和必须有，尽管它云一样浮着，但熨贴着心，安抚着老舒。

老舒长长吁出一口气。

也就是在这时,英的手机响了。英一下站起身来,激动地说了一句陈大夫,我可终于联系上你了。

6

陈大夫是北京心脑血管病最好的大夫。更准确地说,陈大夫是当前国内最好最权威的心脑血管病专家之一。

从接到小高电话开始起,英就已经到处找专家找医院了,甚至在火车上她都是一路在联系。她把老高的情况汇总成资料,发动各种可能,积极找寻专家、寻求治疗方案,她要把老高转到北京,她还想着,把北京的专家请来也行。

实际情况是,想把老高送到北京,这显然理想化了。不但送不到北京,连转到本市其他更好的医院都做不到。并且,无论去哪个医院,都只能是这一种治疗办法。老高现在颅压非常高,相当以一人之力顶着一座大山,最好的办法是开颅。但老高基础病太多,一旦开颅怕是连麻药关都过不了,这和当初主治医生不给老高开颅的理由一致。

开颅一定能减除脑压,但老高不一定能下了手术台。不开颅呢,老高顶着整整一座山的压力很难转醒,不但不能醒,还会因为延误手术造成不可逆后果。

那我该怎么办?英问。她是又进了来回胡同里。专家没有回答英怎么办,但是说了一句,现在已经是第四天了啊。

随后,专家给了英一个营养配餐方案,已经第四天了,可以给老高进食了。

营养配餐也不是特别贵,一千块,一顿。老高一天只要两顿就可以，鼻饲。一顿营养餐后，老高肚子里哗啦啦响。这真是世间最好的声音啊，英的眉头舒开了一些。

好像是突然一个拐弯，前面是柳暗花明的又一个村庄。设若真的要送老高回老家，插在老高身上的那些管子势必要拔掉。那么，由谁来拔？

老高被送进医院，连个开颅手术都没有做，更别说一些昂贵的特效药，所产生的医疗费用都有医保兜底，根本花不了几个钱。老高从二十岁到省城参加工作，这一路走来从养家糊口到生儿育女，再到买房置地积攒家业，省吃俭用了一辈子，到老了，有条件了，却高血压、高血糖了，凡是之前想吃又舍不得吃的东西，现在一个不准吃。也不能抽烟也不能喝酒，也不能吃肉也不能喝奶，能吃的只有白菜和豆腐了，还不能多放油。穿什么都无所谓了，反正穿什么都不好看，一件衣服翻来覆去怎么穿都穿不烂，想再买件新的都没理由。所有这些翻译过来就一句话：有钱都没地方花。

有钱没钱，反正都不花，老高和老舒的节省不是与生俱来的，是在生活轨道上行驶多年的惯性，越到老越没有刹车机制。除了必要开支比如水电煤气、药和人情往来，钱都积攒起来做防老用，将来吃药打针住院做手术，这些都要用到钱。到那时拿出钱来，既不给儿女增加负担，也给了自己保障和尊严。

这些钱，只有真正用到了，才能把附在其上的虚妄去掉，才能钱是钱的作用人是人的未雨绸缪。干干净净的钱，拧出来的全是苦心孤诣，迎着太阳一看，里面既有波澜壮阔的人生，也有五光十色的人生艺术，多好。假如用不到这些钱，那这钱岂不是一个最大的讽刺？那样，迎着太阳光一看，看到的可全是抠抠搜搜的愚昧和通不透的滑稽了。

再说了，怎么就不该在老高病床前尽心尽力了？老高一辈子，刚毅正直有爱心，和谁处都是尽量帮谁，有亏自己吃，有便宜紧着别人占，而且极有原则，活得光明正大，决不蝇营狗苟，多好一个人啊，值得为他倾尽力量。只有这样，才能在将来的岁月里，在夜深人静的时候以及面对自己内心深处的时候，无怨无悔地说一句，我们尽力了。

老高还在挺，不管他有没有意识，也不管刀子刺在身上是不是知道疼，老高还在以一人之力顶一座大山。更何况，老舒还一直保持微笑，决不拿一张愁苦的脸来面对儿女和世人。

好像有什么是一下就扭转过来了，活在这人世，谁的头上不顶着一座山？不回了，老高不回了，就在省城接受治疗，假如真有一座山，那就家人和老高一起扛。

7

老舒是忽然眼前一黑浑身打战，无论怎么吃苹果吃糖块都不能缓解症状，这才想到心脏的。非常警惕的老舒一刻不耽误，立刻办理住院。

检查结果是心脏血管淤堵已经百分之九十九。什么意思呢？就是抢救都来不及，除非是在抢救前。老舒有足够的警惕，也就有了足够的幸运，在抢救之前先把自己送上手术台。

医院为老舒做了心脏搭桥手术。手术不大，但用的时间不短，因为淤堵的位置比较独特和隐蔽，医生费了很大周折才把手术做完。

虽然有二十多年的糖尿病史，但老舒非常自律，二十余年坚持定时定点吃饭，坚持胰岛素和药物配合，坚持锻炼，所以身体底子好，恢复也很快，基本第二天就能自己下床。

决不给儿女添麻烦，老舒说。

小舒是指不上了，老舒安排侄女霞来照顾自己。若不是老高脑出血在先，老舒这手术应该算是大手术，但有了老高在先，老舒这都不算大事，小高小闫和英还是把重点放在老高身上。老舒说，照顾好你们爸，别管我。老舒由霞来照顾，霞说大姑不怕，有我呢。老舒拉着霞的手不放，说只要身边有人，我的心就不慌。

老舒住五楼，老高住四楼。这好，亲戚朋友来医院看望不用来回跑。

持续了半个月的寒冷过去了，气温突兀地回暖，太阳光毫不吝啬地铺满大地。年底下的城市更加繁忙，大十字街口车如水一般流淌，人如蚁一般涌动，到处都是熙来攘往。黄铜铸就的地标"马踏飞燕"在冬日阳光照耀下异常闪亮，以极其昂扬的姿态向着远方和未来。它那么姿态轻盈又那么漫无目的，它那么神采飞扬又那么无所事事。它那么熠熠生辉，却也那么扎扎实实地被钉在城市最为繁忙的中央。

历时半个月，昏迷中的老高有了小动作和微表情，虽然照样不睁眼，但自己会闭嘴巴了也会自己再张开，还时不时打个哈欠。脑袋上的引流管早已去掉，三个开过的洞用白色纱布补着。保持着仰面问天的姿势，脸色不金了转而发黑，双颊塌陷得厉害，这使得张开的嘴深不可测，打猛了一看吓人一跳。

有多出来的小动作，还有老高会不声不响把屎糊在被褥里。

"哟，爸你又悄悄拉被窝里啦？"儿媳妇小闫哭笑不得。为了省下小高，具体事情都是小闫在做。小高已经换两个手机了，第一次是因为太累在厕所里晕厥导致手机掉在坑里，第二次手机掉坑里了还是因为晕厥。小高对老高说，爸，你想让我换个高级点的手机你好好说嘛。

不想累着小高，给老高擦洗就全是小闫。被子撩开，老高赤裸下身，屎糊在上面，把老高一辈子的颜面损毁殆尽。小闫真是个好儿媳妇，里里外外，把老高擦洗得干干净净。抱起老高，换过床单，老高又睡在白色温暖里，打个哈欠，张张嘴巴，混沌如同一个婴儿。曾经那么一个威严、不苟言笑像白头鹰一样的老高啊。

生命好像还持续着，但被分成截然不同的两个段，明亮和黑暗，老高恰好被卡在两端正中间，什么都由不得他。

睡还是不睡不由他，醒还是不醒不由他，进不进食不由他，拉不拉屎不由他。活着还是死去不由他，有没有体面不由他。他确实还在呼吸，但灵魂已经消失，他确实是在吃喝拉撒，但这与他无关。

老高起了褥疮，屁股上碗口大的一个洞，像极了身体上开了另一张嘴巴，把苦难说尽，却了无声息。老高过的每一天都是覆盖在前一天上的纸，有着单纯的洁白和可预期的黑暗。隐约里，一头巨兽潜伏在老高身上，它不是来解除困厄的，那些有关尊严的和卑怯的，体面的和无可奈何的，坚毅的和悲怆的，它都看到了但就是不告诉老高。它把老高一贯的英明神武涂抹得面目全非。老高是头虎，它就拔虎牙；老高是条龙，它就揭龙鳞；老高是条蛇，它就正好打在七寸上——但还不能去责怪它什么，因为它的名字叫爱。

到现在，唯有老高是与巨兽做顽强抵抗的。这是一个人的战争，虽有最强大的亲兵援军。老高动用了全部心智，在最为激烈凶险的战事前采取最坦荡的战术——沉睡。再没有比这更坦荡的了，仰面，把最柔软的部分比如肚皮、脸皮和手心都交付出去，不挣扎不抵抗，不翻身不弯腿，不说一句话但呈现出触目惊心、不落一滴泪的英勇悲壮。

这不是缴枪不杀，枪不在他手里，枪是他的身体本身。无论是儿媳妇撩开了给他擦屎，还是女儿揭开了给他做按摩，他都不动声色。他忍辱负重，接受着强加的不公，他孤标傲世，不听、不看、不说，决绝关闭着眼耳鼻舌身意。

8

腊月二十九下午 7 点 30 分，老高去世，自突发脑出血到去世用了三十七天。终于，老高还是没有过了关，本命年、庚子年和七十三的，都没有。这就有些说不清了，到底是谁坚决不肯过关，老高还是病？

身上的管子全都拔了，覆盖在白色单子下的老高飘逸出尘，无论最后胜利的是谁，老高都用他绝无仅有的孤傲放出最后一枪。

老高为自己打回尊严，再没人敢动他一下。

再不用挤八人病房，殡仪馆居然是有单人间的。小高和英如愿把老高安排在单人间，四周鲜花簇拥。死去的世界活人不懂，但肉眼可见的是，老高原有的威严回来了，同时回来的还有钢筋一般的坚定意志，决不打弯儿。直挺挺的才是老高。一个真正的老高。一个老高愿意成为的老高。

家里设下灵堂，墙上贴出四个大字：驾鹤西游。老高的照片被黑框框住，端端正正摆放在桌上。桌子用白麻纸糊了，桌下放一个烧纸用的瓦盆，桌后放了纸人和纸马。四季干果与水果整整齐齐摆放在桌子上,左右是巨大白蜡,正中一个大香炉。香炉里,一炷清香袅袅娜娜。

多好的老高也只能留在殡仪馆。灵堂的归灵堂,殡仪馆的归殡仪馆。

老舒虚弱不堪。她的心脏支架手术很成功,手腕处的伤口基本愈合了,看不出是被刀子刺过的。她是很虚弱了,但脸色明净眼神清澈,思维特别敏捷,反应也很快,大方向和大事务都是她在拿主意,小高和英具体执行并实施。老舒心里装着城池,和这座城池的交通图。这是岁月赠予的,也与老舒天资聪颖有紧密关系,二者相辅相成缺一不可。

老舒从来没有差过老高。现在,老舒已经没有怨恨,只想着把老高体体面面打发了。老高的后事由老舒来监督操办,这是上天早有的安排。凡上天安排的,都是最好的,无与伦比。

不能在年前就把老高的事办了,时间不够。大过年的,都在家高高兴兴过年呢,老高从来不是让人厌烦的人,哪怕皱皱眉头都不行。按住,一切都等过完年再说。不发讣告,不通知亲戚朋友,不通知单位同事,甚至连同一个院儿里的人都不是很知道。

年,被老舒压得稳稳的。

灵堂设在家里,这就还算团圆年。开饭了,先给老高放一双筷子一副碗碟,饺子先给老高捞一个,菜先给老高夹一筷。老高在黑色框边的相框里微微笑着,闲云野鹤一般有了禅意。

英瘦了有十多斤,头顶上有了白头发,这让她莫名其妙有了一丝与年纪不符的慈祥。她只要不那么急躁,就属于漂亮类型。小高和小闫都疲累到了极致,人都矮下去三寸,说话都嫌费舌头。但小高、小闫和英是多好的孩子啊,都还打着十二分精神，要把老高完结到最后。

窗户擦得无比明亮，家里更是收拾到放光，所有无用物品都搬移到地下室，床单被罩和沙发巾都已换新，一品红和绿萝红是红绿是绿，在阳光下生长正旺。家就是家，温暖和舒适的所在。这都是老舒在年前做的功课，那时她有预感和坚定的信念，老高一定会在年前苏醒并高高兴兴回家。会的，羽绒衣那个露白的三角已经补好了，心思巧妙的裁缝给上面缀了一朵本色花朵，看上去完美又完整，像是从来不曾破损。

老舒看着老高的照片，说，老高啊，咱们一起过年，过完年你就七十四啦我就七十一啦。老高在黑色框边的相框里对着老舒笑，和颜悦色，一改之前不苟言笑的强硬作风，简直言听计从。

年三十，老高在黑色框边的相框里和家人一起跨年，香炉里的香一直续着从未断开，左右两个巨大的白蜡烛也一直摇曳着，不能熄灭。禁炮的城市在年三十里倒有了前所未有的静谧，街道上川流不息的车和人，被年这块大海绵吸得干干净净。空荡出来的街道宽敞而笔直，好像射一箭就能直达天堂。想来，那些存在于城市里的众多来回胡同，也在这一天有了四通八达的顺畅了吧。唯有黄铜地标"马踏飞燕"依然如旧，以飞翔的姿态被钉在原地。无论它有着怎样的昂扬，都是第二天太阳照常升起时的准则，它去年用旧的身体，还要在全新的一年里继续必要的辉煌。

大年初一，被黑色相框框住的老高又长了一岁，他是果然过了关的吧，七十三和本命年，所以他的笑容才那样由衷。但是在殡仪馆的老高就是另外一番景象了，在这里他不笑，也没有因为不笑就恼怒，此时他的身体不再是作战武器，而是大彻大悟后的金身罗汉。

老高这时再次被分为两段，家里的和殡仪馆的。来世间之前是黑暗的，去世之后也是黑暗的，中间活过的部分无比明亮，作为证据，老高把身体留下。这身体是磨损过的，老高用这身体喂养着死，死穿透老高像风穿透树林。

英和小高把供品和鲜花摆放在老高头前，这，是他们的爸爸，并且只是他们的爸爸。他们的有感情、有温度、有关爱、有严厉、有指望、有热切的爸爸。

正月初三，小高开始通知单位，贴出讣告，又给亲戚和朋友一一打电话报丧。老高初四送行，初五出殡，这个时间段，正好大家高高兴兴地过完了年，但还没有开始又一年的繁忙与劳碌。

陆陆续续，单位的同事和亲戚朋友来了，有来祭奠老高的，有来看望老舒的，有来看有什么需要帮忙的。楼道门敞开，家门敞开，人来来往往络绎不绝。来的人肯定都是满怀悲痛，但好奇怪，就是有那么一种莫名其妙的热热闹闹。

来帮忙和问候的人很多，老高和小高在一个单位，老舒与他们虽然不在一个单位但是在一个系统，这注定根基匪浅。冲着老高来的、冲着小高来的和冲着老舒来的，以及一个院儿里一起居住二十多年的邻居，反正大家都来了，都想着看能出点什么力帮点什么忙。小高、小闫和英进入了又一轮疲惫，给每一个来上香磕头的人弯腰鞠躬，给每一个进门来的人递烟递茶。

总协调是单位领导老魏，颇具大将风度，何况也是办事办老到的，很快就把人员划分好，各办其事，井井有条，决不疏漏。接着就是制定出殡路线、预订饭店、联系火葬场、安顿亲戚朋友、写挽联记账本，这些都是事，具体又琐碎，缺了哪一点都能乱套。老魏——分派忙而不乱，交割得清清爽爽。

所有事都是人的事。智慧到达的地方所有事都是通顺的，这是真正的马踏飞燕。

9

事实证明老高不回老家的决定是英明而正确的。在省城工作和生活五十余年，积攒了什么直到这时候才呈现出来。从初四到初五，来的人越来越多。来给老高上香、磕头、送别、上礼、办事的人，家里站不下，都站在楼下。从玻璃窗户往下一看，楼下乌泱泱站那么多人。不能说这是一种体面，但也不能完全说不是。

小高也被众多人围着，都想让小高指派着做点什么。小高的好人缘和处事能力这就体现出来了，能来帮小高的，多是受过小高帮助的，或是小高有可能帮到的。怎么看都觉着，围小高的人越多小高的脸就越红润。

专门来看望老舒的，都会拉着老舒的手轻声安慰老舒。老舒是很虚弱，由坐着说话改成躺在床上。来看她的多是同事，也有亲戚，夹杂着邻居和朋友，兼有小时候的同学和玩伴。来了就都愿意拉着老舒的手，与老舒说一些贴心的体己话。

老舒开始由话来填满。

老舒说，差不多半夜12点，我还没有完全睡着，听见身边老高喉咙里咕咚一声我就知道不好。我拧亮灯看老高，老高已经不会说话了。但我拿起电话要打120，老高还按住我的手，意思是不要？老舒像是在求证，但答案对她来说不重要。

老舒说，打120的时候医生还问我，病人有没有呕吐？有没有大小便失禁？我都说没有。是上了救护车老高才呕吐，才大小便失禁的。

老舒说，医生当时就说得很清楚了，开颅是最佳方案，但老高基础病太多，一旦开颅怕是连麻药关也过不了。只能做引流，先把瘀血排出去。你们知道那个谁谁吧，也是脑出血，昏迷三个月后，醒了。还有我们老家一个，脑出血昏迷十七个月还能醒来，现在拄着拐杖到处走呢。

老舒说，从来就没往这方面想过。那时候有个卖墓地的来了院里，被我赶出去你们还记得吧？我那会儿就觉得墓地什么的还离我们十万八千里哪。

老舒说，相跟不上，谁家的夫妻都相跟不上，总是一个迟一个早，去一个留一个，这是必然，没有谁家是能一起走的。

老舒说，《国际歌》早就唱了，从来就没有什么救世主，要创造幸福还得靠自己。我就是要把自己的身体保管得好好的，过好以后的日子，决不给儿女添麻烦。

老舒说，从今以后要过得精致些，不会再舍不得了，不吃剩饭，不晚睡觉。

老舒是很虚弱，但这不代表老舒不坚韧。老高挺了三十七天，老舒就面带微笑三十七天。

老舒的坚韧说出来人家未必都能懂。这是老舒穿行岁月的积攒。

老舒一直都在说，尽管她确实很虚弱了。能来看她，并拉着她手说知心话的人，都值得老舒掏出心窝来说话。老舒不让话停下来，怕一停下来那个旋涡般的空洞就把她吸走。

好就好在来看老舒的，对老舒说的话果然都贴心。

还记得吗，我那时候初来单位，都欺负我是县城上来的，唯有你对我照顾有加，就凭这个我要感激你一辈子。之前的小李现在的老李，拉着老舒的手说。动了真感情的老李眼里转着泪花，他现在已经很有钱很有地位了，但在失去老高的老舒面前还是表现出谦卑。这谦卑是递给虚弱的老舒的一块暖手宝，光滑又圆润，恰恰好抚慰温暖着老舒。

邻居小孟也是，一拉老舒的手自己先哭了，说住这么近我也不知道出了这么大的事，我老高叔多好一个人啊。小孟说话低声细语，完全是说私房话的做派，恰到好处营造出一种是自己人在说私密话的稠密氛围。小孟说，以后有什么需要我的就吆喝我一声，我随叫随到。

社区的小项来看老舒了。老舒想要坐起来说话，小项一把按住了，说，你躺着不要动。说着四处找暖壶要给老舒倒水喝，说舒姐你好好的，药按时吃饭也按时吃千万注意自己的身体。小项一点没有干部架子，邻家小妹一样自带光环，给予老舒无限力量。

小姑子一直陪坐在老舒身边，有人和老舒说话了小姑子就低头叠纸元宝，没人和老舒说话了，小姑子就贴心地问，二嫂你是要喝水吗你是要躺下休息吗你是要上卫生间吗？来的都是客，但小姑子是家人。小姑子说二嫂，咱们都老了。一句话说出，人世沧桑白驹过隙的感慨全有了。有了这感慨，家里的温度都升起不老少呢。

单位里曾经坐过一个办公桌的老金也来了。老金一见老舒就说，好人啊真是个好人，老高真是个好人啊。老金婆婆瘫痪快二十年了。老金显然是被婆婆折磨坏了，端屎接尿二十年，自己都七十了。老金说你也别嫌我说话不好听，能痛快死是前世修来的福气，这得是上辈子做多少好事才能换来的结果。老金这么一说，老舒就觉得老高真是万幸了，比起活不上来又死不下去，不知道要幸运多少倍。

同学梅来了。梅退休之前是中学校长，但是眼前的梅没有一丝当年风采，整张脸都是坐下来的，又虚又白，像极了泡在死水湾里的肿月亮。梅只能来看看老舒，看了马上就得走，她先生尿毒症做透析，一个礼拜两次，她既是丈夫的保姆，又是丈夫的护士，一刻离不开。梅坚持叫自己的丈夫为先生，这是她在溃败的生活面前保有着的最后一个异质，即使全部世界都是坐下来的，有了"先生"这个异质化称呼的存在，她就能假装自己不是行进在暮年的不归路上。这让老舒看到她的悲壮，同时也得到一种榜样般的力量，只要自己不倒，那就没有什么是倒下去的，就算是已经坐下去了。

多年不见的小何也来看老舒了。小何说姨啊，你是给心脏做支架了吗，那我教你一套保健操吧，效果十分好，你只要感觉脑袋发闷或是胸口憋气，你就做这套操，保管立竿见影。小何有先天心脏病，但只要他自己不说，别人根本看不出来，他有着保护心脏的丰富经验。操也简单，按这个穴揉这个点，再扭这里然后再抓这里，怎么样感觉好点了吗？小何现场指导，老舒跟着做一次，这哪里是好一点了，简直好得不是一点半点啊。

说着各种各样的话，老舒就这么把初四和初五都度过了，等老舒从卧室里再出来，老高的灵堂已经撤除了。那么多的人都去火葬场送老高最后一程了，总理事老魏安排五六个人留下来打扫，这五六个人都是手脚利索、干活有一下的，不用老舒操一点心，家就恢复了原样。贴"驾鹤西游"的地方，复把《五牛图》挂上；放灵桌的地方，复摆上鱼缸；放纸人纸马的地方,再把假山盆景摆好。一切都还是原来的样子,就像不曾发生过什么。

老舒站在那里,也不知道该拿自己怎么办,就说,这个《五牛图》左边低了你们看是不是啊?五六个人看去,果然是左边比右边低了些,于是踩了凳子重新扶正。老舒说这个假山盆景也洗洗吧,好长时间了也没洗过。于是众人合力又把假山盆景搬到卫生间,用水冲洗了一番。

到最后连垃圾桶都洗干净了。

干干净净的家恢复成到处发光的样子,一品红和绿萝又开始红是红绿是绿了,旺盛到毫无心肝的地步。老高要在,会反剪了双手站在绿萝或一品红前长久地看,你也不知道他在看什么,但他就是能一看很长时间。也会站在鱼缸前看鱼,也是看很长时间,偶然还看着笑,也不知道是看到了什么就能笑,正经讲个笑话他从来没笑过。

初六,假期结束。小高和小闫都上班去,英回北京。这也是老舒安排下的初六,什么都不能耽误,尤其是正常上班和正常生活。

老高的骨灰盒寄存在殡仪馆,前面一枝肃静的白菊花,与众多骨灰盒一起,被整整齐齐排列着,摆放着,搁置着。去了的人都说老高的葬礼很排场,也很有尊严,火葬场的人员都是受过专业训练的,很知道如何做事是对亡者最大的尊重和礼敬。想到的和想不到的,专业人员都想到了并且做在前面,贴心到让家属和亲戚朋友们无话可说。

老高的事,就这么圆满而完美地结束了。

只有一个人的家多少有点空荡。到底看看绿萝和一品红,是怎么吸引老高的就能让老高看那么长时间。老舒站在那里,用老高的姿势也反剪双手也微微低下腰身和头,恍惚间就和老高并排站在一起了。午后阳光穿透玻璃窗户,把老舒和老高一起笼在金色光辉里。老舒问,是你吗老高。老高说不是,我不用原来的身体有一段日子啦。

哇的一声,老舒哭了出来,这是第一声为老高发出的哭声,也是唯一的一声。在老高的葬礼上没人哭出过声,在火葬场也没有。所有人都用城市人该有的素质和教养表达悲痛,有足够的庄严和肃穆,也有无尽的不舍和哀伤,但是没有哭声。那不是城市人该有的声音。

老舒这一声哭也不是有准备和有预谋的,也不是突然激动。相反,她是无比平静后才哇地哭出了这一声。看到老高的那一刻就是看到世界最真实的一刻。世间的事都不够完美或者说世间就没有什么事是完美的,但那又如何?我们的智慧就是要在不完美中找到足够的平静,然后去拥抱。

地铁二号

1

朱大夫扎针如栽葱。少波吃疼，又不好叫出声，就挥舞两只手乱抓。这样，一只细白胳膊就不幸被少波抓到手里，再不肯撒开。

大家都看到了，长着细白胳膊的实习医师雨茹，挣了好几次都挣脱不开。

少波对着雨茹嘻嘻一笑，半张脸生动，半张脸无动于衷，中分线不偏不倚当当正正。这个分割线绝对是神来之笔，上帝之手。

朱大夫栽得一手好葱，欻欻欻三下，栽了少波一脸针。针栽好了，还要再把每一根都扶正一遍，像捆好了葱还要拎起来蹾一蹾。这一蹾，蹾得少波满眼里长星星。少波抓雨茹胳膊的手收紧，根根指头都是在求救。

行针二十分钟。这二十分钟是相对不疼的，少波仰躺在诊疗床上，看玻璃窗外蓝天中，一架飞机无声飞翔，高楼探出一角朝窗户里张望，一切都是明媚的样子。少波把脸歪向雨茹这一侧，盯住雨茹。

雨茹穿着白半袖大褂，头发越显乌黑，腰身越显纤细，要不是口罩上方的一双眼过于严肃，简直可以亲近。少波顶住雨茹的严肃眼，既不松手，也不放弃对雨茹的盯视。

二十分钟一眨眼，该起针了，少波没理由再抓雨茹的细白胳膊了。雨茹的起针手法轻快又利落，让少波想起小时候去野外玩耍，黏了一裤脚的草刺和苍耳子，就坐在夕阳下把它们一个一个择下来。

针起了，少波不急着走，坐在朱大夫的诊疗桌前，用朱大夫的笔在处方签上乱画，又用朱大夫的姿势往椅背上靠，笑嘻嘻地问大口罩捂脸的三个实习医师："小姐姐们中午怎么吃饭？食堂还是外卖？"实习医师小姐姐们并不理少波。少波特意问雨茹："你几点下班？我请你，和朱大夫一起吃饭好哇？"雨茹白了他一眼。

朱大夫倒不讨厌少波，说："你还请吃饭？舌头能搅拌得动饭？"

朱大夫这一说，小姐姐们都看着少波笑，包括雨茹。尤其雨茹，全然幸灾乐祸的样儿。

少波现在的舌头的确有点搅拌不动饭，就问朱大夫，我这面瘫能治好吗？声音里全是真诚的担心。朱大夫说："百分之八九十的人能治好，除非你是另外那百分之一二十。"少波放下心来，他生来就是百分之八九十这一拨儿的。

这得扎多少天？少波问。

朱大夫撵走坐在他椅子上的少波，说："少也得二十五天吧，你去一楼缴费去。"少波接过缴费单，说："那我就能来二十五天了。"朱大夫疑惑着问："我怎么看你这么乐？没见过扎针扎到你这么高兴的，还挺由衷。"

第二天，少波早早就来到医院，还是在扎针时抓着雨茹的细白胳膊不放，也还是起针后不急着走，觍一张一半生动一半麻木的脸，笑嘻嘻没话找话。这一回，少波给朱大夫和三个实习医师小姐姐带了一桌子零食。零食这种东西，也是天生属于百分之八九十这一拨儿的，只要往桌子上一放，四海之内皆兄弟。

有零食垫底，朱大夫和颜悦色："说说吧，你干什么了就面瘫了？"少波说："我也正奇怪呢，也没吹凉风也没开空调，中午睡一觉，醒来就面瘫了，我多无辜啊。"朱大夫说："哪那么多无辜啊，你分明是熬夜玩手机不睡觉这才面瘫的。"

朱大夫不但栽葱一流，还是"撑界"高手。人家腰疼来找他扎针，说了一大堆腰疼的缘由和经过，他回撑一句："得了吧，你肯定是广场舞跳太多给扭着了。"又有人膀子疼来找他扎针，他撑人家："是麻将打多了吧，八圈下来至少四个小时不挪窝，你膀子不疼谁疼。"朱大夫一反大夫惯常见的严肃与刻板，栽葱有暇还能如此幽默，患者尴尬回笑一两声不等。神奇处在于往往被说中，女人果然是广场舞跳得有些多，男人往往是麻将桌上落下的病。少波呢，还真是熬夜不睡觉看手机。

不睡觉是因为睡不着，睡不着可不就只能看手机。手机里，少波要找人聊天，却发现已经被拉黑，这加重了睡不着的夜的深长与无情。

少波看雨茹，雨茹低头看手机。这会儿是忙碌一上午终于可以歇下来的时间，再等等就是吃饭时间。

雨茹全身心看手机，少波凑过去，说："哟，网恋哪。"雨茹并不理他，与另两个小姐姐窃窃私语。一个说看照片可真是个帅哥呢；一个说聊这么多天了，情商智商都在线，可以一见了。雨茹说："可是呢，就怕见光死，还不如一直这么聊着呢。"三人脑袋凑一起叽叽咕咕笑。

少波插嘴说想知道对方长什么样还不容易啊。三个小姐姐一起看少波，少波说手机给我，我把他弄出来见见光。雨茹疑惑地看少波，并不把手机给他。少波笑，说我保证你能见到他，你自己还不用暴露。

雨茹迟疑着把手机递给少波，少波捧着手机一顿操作，说：

"好了,这家伙就住附近,马上要下楼来拿外卖,你是在远处看着呢还是我给你拍张照片回来?"

"哇,你怎么做到的?你怎么知道这人住附近?又怎么知道他马上下楼来拿外卖?"小姐姐齐齐看少波,满是惊讶。少波得意,说:"这里面有很大技术含量呢,一时半会儿说不清,但你们一定想要知道,我可以教。"雨茹一把夺过手机,轻诧一声:"看把你能的。"

少波把照片拍回来了,不出所料,照片上的人不能直视。三个小姐姐都捂着嘴笑,脑袋扎一起叽叽咕咕又是一顿说。少波顺手买了一个大西瓜,送给小姐姐们做饭后水果。

牛仙桃是在吃晚饭时发现少波吃得比平时少,这才发现少波面瘫了。面瘫的少波,舌头是僵的,搅不动嘴里的饭,此外,少波的左眼一直在流泪。

牛仙桃跳起来:"少波你怎么了?"

少波说:"没怎么,面瘫而已。"

面瘫?还而已?牛仙桃心疼,要扳着少波的脸看,少波偏不让看。同在饭桌上的老张说:"你看他干什么,他自己的事让他自己解决好了。"牛仙桃本来就没好气,老张这么一接茬,正好把气全撒在老张身上。"什么叫他自己的事自己解决?他是没有父母的孤儿吗?"

老张不敢回嘴,低头吃自己的饭。吃了两口,抬起头问少波:"去医院看了吗?"

少波一手堵着不断涌出的泪,一手往歪了的嘴里送饭,并不回答。少波这样,老张看了也心疼,不由得看牛仙桃一眼。这一眼,饱含了太多深意。

牛仙桃看到老张这一眼,手里筷子往桌上一拍,问:"你什么意思？"

这饭吃不下去了，少波轻轻把筷子放桌上，轻轻站起来，想要说一句来着，终于还是什么都没说，转身回自己房间了。牛仙桃兀自朝着少波的后背问：你吃饱了？你没吃多少啊！转而又用眼瞪老张。老张本来专心致志吃自己的饭，被牛仙桃如此高压的眼睛逼视，只得含着饭示意牛仙桃，吃饭。

牛仙桃追踪少波才追到针灸医院。知道朱大夫是少波的主治大夫，一把抓住朱大夫手腕："怎么办？要紧吗？要输液吗？要住院吗？光是扎针就能扎好吗？开药了吗？有后遗症吗？"朱大夫简直应答不过来，反问一句："这么大的事你咋才知道啊？"

牛仙桃也回答不上来朱大夫的问题。凑到少波脸前看，今天少波脸上针少，只在下关、地仓、阳白、四白、攒竹、丝竹、印堂、承浆、鱼腰、迎香、风池有针，饶是如此，少波也还是被扎成个豪猪，仰躺在诊疗床上倒吸凉气。

"不是说针灸不疼的吗？这怎么疼成这样？"牛仙桃问朱大夫。朱大夫说："不疼，确实不疼，不信你躺下来我扎你几针试试。"

牛仙桃被气笑了，同时也明白少波这面瘫确实也不是什么大毛病。把沁在眼里的泪花擦干，拉住少波一只手，脸上带出笑，安慰少波说："没事的，没事的。"

少波就等着她安慰呢。

牛仙桃拉着少波，顺着少波的另一只手看，就看到少波一直抓着不放的细白胳膊。顺着细白胳膊往上看，就看到大口罩捂脸的雨茹，不由得说一声："咦？"

本着对自己天生把好事变成坏事体质的防备，牛仙桃没敢在医院多逗留。"儿大不由娘,牛仙桃同志!"这一句是老张对牛仙桃说过的话,是天边的滚雷,常在牛仙桃耳边隆隆作响。老张还说过一句:"少波的事,让少波自己处理。"

好吧,雷人的老张。

牛仙桃走了,少波和雨茹都松口气,相互对视一眼。几乎同时,雨茹胳膊用劲要挣开少波,少波手指用劲牢牢抓住雨茹。两个武功大师暗地里比拼内力,偏偏表面上像谁也不认识谁。少波用的是紫阳神功,讲究气沉丹田,悬腕发力,紧紧扣住雨茹的手腕。雨茹是学医的,讲究力学,把体内的肌理、骨骼、韧带、关节、筋膜组织起来形成内力,再把重力、摩擦力、地面支撑的反作用力和空气中的浮力、阻力利用起来形成外力,非要挣脱少波。两人拼尽全力对决着。"哎哟!"少波叫出声来,这是紫阳神功达到第九层境界牵扯到脸上的银针,吃疼不过发出的。听到这一声,雨茹立刻撤去自己的洪荒之力,眼里全是关切。

摘了针后,少波又笑嘻嘻,围着三个实习医师小姐姐转。小姐姐们也不理他,只顾脑袋扎在一起叽叽咕咕。这一回,雨茹的网恋对象是当红明星,看上去英俊又养眼一点不猥琐。少波说不要脑残啦。三个小姐姐正吵吵得热闹,一个说那个谁谁是军艺校草哎,是我的菜;一个说国民老公我还是看好谁谁谁,太帅了。雨茹说:"你们的审美能不能前进一大步啊,明明现在最好看最有潜力的是谁谁谁谁。"

"哪个哪个?"少波把脑袋挤里去,看到雨茹手机屏幕上一个白净脸的少年,正冲着手机屏幕嘟嘴挤眼睛。少波笑说:"你这什么品味啊。"雨茹手机一扣:"要你管。"

2

天生具有把好事办成坏事体质的牛仙桃，心里一万个不服。怎么"把好事变成坏事"这口锅就扣自己身上了？秦小雅对这口锅就不该负责任？

第一次见秦小雅，牛仙桃吃苦耐劳的劳动人民观就崩了，女人还能这样？

秦小雅是那样的一个人，猛一看很普通，仔细一看很不普通。从头发丝开始，到脖子到肩膀到腰身到双腿再到双脚，每一处都漫不经心但没一处不是精心收拾的。头发是栗麻色，迎见亮就闪光，很随意地抓一个髻堆在脑后，用一个翡翠簪子插压着，慵懒，散漫，却高贵。脸上肯定有妆，但明净透亮，一点行藏不露。双眸剪水，那是因为眼睫毛一根一根交代得非常清楚，也与耳朵上垂着的那副小巧的珍珠耳环有关，珠白与眼白彼此呼应。嘴唇丰润，以白皙脸为背景，好像是有口红又好像没有，似有似无之间，看的人先醉。衣服色泽偏暗，稍稍发灰，那是给懂的人看的，懂的人看了会吃一惊，深知道那衣服的价格与档次。秦小雅是一池春水，是上了谱的篇章，押着韵，抬高了眼睛的期待水位。

秦小雅往牛仙桃跟前一站，严重碾压牛仙桃。同一个年龄的人，牛仙桃看上去比秦小雅大二十岁不止，这还是朝前看。朝后看，秦小雅的腰身活脱脱简直能自己开口说话。

没有道理与反常规的，都不是人，是妖孽。

"妖孽"秦小雅朝牛仙桃主动伸出手，十片指甲个个闪亮，十根指头根根不沾阳春水。牛仙桃赶紧伸出劳动人民的大手就握,连声说雨茹妈妈好雨茹妈妈好。一脸谄媚,但毫无由来。

少波和雨茹相处两年,好到大锯子都拉不开了,想到双方家长是时候该见个面了。

什么,都到这一步了?这么说,你决定了?秦小雅正对着镜子卸妆呢,听到雨茹的话,急忙把腰身转过来对着雨茹。你还小,该多经见一些人,阅历丰富,感情才能稳固。雨茹说:不了,就他了。秦小雅一只眼正在卸妆,另一只眼还没卸。正在卸的一只一片狼藉,还没卸的一只依旧含情脉脉。

秦小雅是见过少波的。小伙子长得挺精神,高个子,但不晃,稳稳地站,稳稳地笑,一脸太阳色,见了秦小雅不卑不亢,一看就是黄土高原养育出来的实在孩子。学历呢还高,是个硕士。伸出来的手也好,指头细长,指甲缝干净。

少波千好万好,唯一不好,不是太原人。

为什么?雨茹问。

还为什么。秦小雅简直不知道该如何敲打雨茹了,你一个太原人不找太原人,你找哪儿的?

雨茹听不懂秦小雅在说什么,妈你倒是说说,什么叫太原人?

太原人嘛就是太原市出生太原市户口,府东街府西街耍大,五中十中上高中,太原理工大上大学,那是211哎;桃园一二三四巷常溜达,柳巷钟楼街买衣服;迎泽公园里划游船,汾河一库去游泳;想骑自行车了去和平路,想看历史就去文兴路看博物院;有客人来了带着去晋祠看三绝,不想走那么远就去起凤街的纯阳宫,永祚寺里看一看牡丹,文瀛公园里赏一赏海棠,服装城里体验体验生活,食品一条街解一解馋,国贸六馆开一开眼;台骀山上居高临下,汾河景区把酒临风;发烧了在山大二院就诊,有纠纷了在杏花岭派出所解决。秦小雅说:"瞧瞧,多舒适多便利!"

"妈,要说便利生活,全国都一样,都便利着哪。你去一线和超一线城市看看,只比太原更便利。"

"你看你这孩子,怎么就领会不到精神?我说的是便利的事吗?"秦小雅倒替雨茹着急。

"想吃葡萄清徐的,想吃饼子太谷的;去海子边了就点一碗太原打卤面,去南肖墙了就点一碗丸子汤;在郝刚刚店里喝羊杂,在六味斋里买酱肘子;可以吃义井沾串,可以吃贾记灌肠;要摆谱就喝清和元的头脑,怎么那么有文化;要请客就去认一力吃蒸饺,怎么那么有档次;吃元宵有老鼠窟,吃月饼有双合成,吃醋有宁化府,喝酒有晋泉高粱白,喝茶有乾和祥;买表有亨得利,穿衣服有华泰厚,用毛笔有荣宝斋,看书有文宝斋,想看梆子戏了还有奶生堂呢。我说的这些,你能领会到精神不?"秦小雅问。

"狄梁公街的唐槐公园也是全国都有啊?阎锡山的阎氏故居也是全国都有啊?赵树理故居也是全国都有的啊?蒙山大佛呢?太山呢?青龙古镇呢?天龙山呢?崛围山呢?也是全国都有啊?"

"妈你这话说得狭隘了,那济南还有大明湖畔呢杭州还有西湖盛景呢,南京还有雨花台呢上海还有东方明珠呢,太原有吗?"

秦小雅白了雨茹一眼,继续说自己的:"帽儿巷,猪头巷,柴市巷,棉花巷,剪子巷,杏花巷,教场巷;东华门,西华门,南华门,水西门,旱西门,大东门和小东门;大小北门街,半坡东西街,文庙街;五龙口来桥东街,小五台来上马街,万寿宫来红市街；南肖墙来精营街，北肖墙来坝陵街，东缉虎营国师街，西缉虎营坡子街，这叫老太原，你知不知道。"

雨茹问："怎么了，这些小街小巷就只能老太原人走老太原人住啊？忻州人来了不让走，晋城人来了不让进呗？长治人来了买房不卖给？运城人来了下户不准许，你是这意思呗？妈你是太原莲花落听多了吧。"

"这不是抬杠吗？"秦小雅白了雨茹一眼，只要看看雨茹的眼睛就知道了，那是只要决定了就八头牛都拉不回来的倔强。秦小雅说："跟你那个死爸爸一模一样。"

雨茹的那个"死爸爸"，与秦小雅离婚已经七八年了。

当初，秦小雅已经下了离婚的决心了，但不动声色，既不磨爪子，也不咬牙根，是把自己弄成个趴伏在草丛中的豹子，与周围融成一色，只尾巴稍在轻微摇动。雨茹的爸爸还以为自己的事儿秦小雅毫无觉察呢，把男人该有的毛病集邮一样集于一己，明晃晃带着到处招摇，很快就被秦小雅拿住错，一招掐在咽喉处。

雨茹的爸爸当年离婚，不是净身出户，是补偿出户。补偿给雨茹和秦小雅很多财物。爸爸有愧，不能好好照顾雨茹了，这惭愧只能用钱补，还有秦小雅，缘分虽已尽，半世有恩情，该补偿，补偿多少都应该。

秦小雅离婚，行动麻利心意果决，快准狠三字诀，段位不要太高。

爸爸有愧，但爸爸不悔，和秦小雅离婚说完再见，转头就给自己娶了新媳妇。新媳妇未见得比秦小雅好看，也未见得比秦小雅能干，唯一一个好处，比秦小雅年轻。因为把钱都补偿了秦小雅母女，爸爸和他的新媳妇只能租住在一个破旧小区里。

那小区雨茹去过，真的是又破又旧。

秦小雅带着胜利者的鄙夷，说也只配住那种地方了。但其实雨茹没敢对她说的还有一句，爸爸看上去比离婚之前快乐多了。

秦小雅就雨茹这么一个闺女，早为雨茹安排好了：康宁街一套120平方米的房子，精装修，房产证的名字都已经写好了，高雨茹，并且只是高雨茹一个人的名字。另有新能源汽车一部，以及存款20万。拿这么好的资源，秦小雅说："我们雨茹想嫁谁就嫁谁，嫁谁都是带资进组。"

她倒不说这套新房子是雨茹的爸爸一个人还房贷。

雨茹很少违拗秦小雅，是天性里的温顺。温顺归温顺，雨茹有自己的办法，反正就是，秦小雅要是不同意少波，雨茹就不高兴。雨茹要不高兴了，就吃不像吃，睡不像睡，让秦小雅看着很心疼。

心疼归心疼，秦小雅还是暗自冷笑，热恋可以，但不见得就能成，不信你们能好到分不开。当初爸爸如何，号称离开秦小雅半分钟都无法呼吸，最后不照样离婚离得像赛马。

现在看来，完全不是那么回事。放开雨茹去搞爱情，这爱情还真让雨茹给搞成了，这都到双方家长见面的一步了。秦小雅后悔来不及，不好表示出来，只能说："见能见，但我不能保证肯定同意。雨茹，你可想好了，双方家长见面，事情可就没那么简单了。"

雨茹说，必经之路。

果然，秦小雅和牛仙桃一见面，火星撞地球。至于谁是火星谁是地球，还真不好说。不过，显然是秦小雅胜了第一局，毕竟旗袍加翡翠，你无论穿什么都比不过她。

3

少波带雨茹回家见牛仙桃时,牛仙桃无比欢喜。一大早就指使老张进菜市场,并给老张列了长长一个买菜单,天上飞的地上跑的海里游的全都罗列其上。老张和少波看了都觉着没必要,雨茹只是个少女又不是匹饿狼,吃不下这么多。但牛仙桃向来脾气火暴,这火暴不见得能除暴安良但使家里人瑟瑟发抖很有余,她脾气一旦上来,家里的血压机首先吃不住,收缩压和舒张压噌噌往上飙。这对血压机不好。本着对血压机的爱护和珍惜,老张和少波都让着牛仙桃,牛仙桃说一,老张和少波都不说二。

只知道一从来不知道二的牛仙桃,一见雨茹就心爱不已。瞧瞧这孩子,脸上,胳膊上,脖子上,凡是能露出来的皮肤,皆雪白。再看看雨茹整个人,身材高挑,双腿笔直,轻轻松松一个丸子头,没有梳进去的细碎头发毛茸茸的,越发衬得脖长而肩削,薄凌凌往她面前一站,俨然一株春天里栽在湖水边的海棠树。

雨茹的白,是真的白,是又细又白,让牛仙桃想起小时候家里的细瓷碗。就是那种平时舍不得用,只有在重大节日才拿出来,往里面盛了供品敬奉神仙的细瓷碗。不知道别人,牛仙桃小时候每次对神仙磕下的头,有一半是冲着细瓷碗去的。那是她的理想。

雨茹见了牛仙桃喊阿姨,嘴张开的时候脸跟着红。这红不是早晨开在太阳下的玫瑰红,而是把红酒往水里兑的那种红。只一小滴,在水里迅速晕染扩张,*丝丝缕缕*,*袅袅娜娜*,片刻就把无色水变成可有可无的淡红，成纱，成雾，成一切不可言传的美好，透着不可捕捉的氤氲香味。

牛仙桃由此想起自己的少女时代，就因为来太原姨姨家住了几天，她就发下宏愿，一定要在太原这座城里拥有一扇属于自己的窗户。姨哥姨姐都捂着嘴笑，说我们仙桃就是不一样，有志气。

有志青年牛仙桃，那时候真的是水蜜桃形，具有水蜜桃的一切特质。她用水汪汪的眼睛打量太原，太原就粉红红散发水蜜桃香气，每一栋高楼都是开了瓶的香槟，行走在其下的人都是高脚玻璃杯，只要对准光，发出的都是五光十色。不以开香槟为理想的人生，不是好人生。但水蜜桃形的牛仙桃户口在县城，她也只能在县城里找工作，在县城里结婚。

那一年，有志青年牛仙桃从单位下班，把自己站在县城十字路口，朝前看看，又朝后看看，朝左看看，又朝右看看。朝前看，一个不明所以却明晃晃的小女孩正对着她笑。朝后一看，妈呀，虚空里一支送葬队伍，孝子贤孙排两队，正中灵柩上的照片正是她自己。朝左看看，满大街的人个个是她的分身，是一模一样的无数个自己。朝右看看，无数个年老的自己或幼儿时的自己正与她无限重叠。

活这么大从未见过如此魔幻场景，过电影一般。牛仙桃给吓坏了，回到家就浑身打战，面色苍白手脚冰凉，一身一身出冷汗，捂着三层被子还直嚷冷。老张忙给牛仙桃灌热水袋，煮红糖水，还不忘放一片姜几颗红枣进去，同时疑惑，这几天不该是牛仙桃的生理期啊。

这县城不能住了。牛仙桃打着冷战说。

老张一愣，那住哪儿？

半年后，牛仙桃带着老张出现在太原街头。那一天阳光格外金灿灿，牛仙桃浑身发凉的病不治而愈，站在红绿灯下对老张说看到了吧，城市是给吃苦人准备下的。

牛仙桃果然是个只知道一不知道二的人，城市怎么能是给吃苦人准备下的？城市是给特别能吃苦的人准备下的。开始，牛仙桃和老张在服装城里给人打工，反正年轻，兼具县城人与生俱来的壮实，一个月下来，除去房租水电和吃喝，还有不少盈余。这也是后来老张和牛仙桃对服装城很有感情的原因，那是一个特别能装东西的地方，具有无限弹性，来多少人都能吃进去并一一消化，他们亲眼见证，有多少人在这里找到了天堂和弹簧跳板。

三年后，牛仙桃和老张有了自己的卖面皮摊子，摊子不大，但足够两口子早出晚归。归来了最美好的事，是把门窗关闭了，把一天的营业额从鞋匣子里倒海水一样倒出来，然后给少波打电话。电话里少波奶声奶气问，妈，你和我爸，你们两个干啥呢？牛仙桃说，我们两个在数钱玩儿呢。

到少波上小学，牛仙桃和老张把少波接到太原来上学。少波来了，家里只有一张双人床，老张把双人床让给牛仙桃和少波睡，自己打个铺盖卷睡地。

老张睡地的日子里，与牛仙桃成了《潜伏》里的地下党，白天是夫妻，到夜晚一个睡床一个睡地互不侵犯，是纯洁的革命同志。

别小看卖面皮，只要认真对待又足够勤劳，带给一家三口丰衣足食没问题。牛仙桃天生会干活，手脚麻利，多忙多乱，到她手里都是大齿梳子梳乱麻，三几下就通顺了。老张呢，生来会算，虽然是掰着指头一个五一个十慢慢算，但从来算不糊涂，一条一条码得整齐。一个能干一个会算，一个面皮摊子很快就不够用了，老张说那就加个夹肉饼项目吧。

面皮加夹肉饼，小摊子很快也不够用了，牛仙桃说开个店吧，这样人既体面还不受风吹日晒。

这一开店了不得，有诚意加选址正确，生意一下火爆到意想不到。店里三张桌子，二十几把椅子，经常有人因为占不到座位打起来，这还不说店门外有人在排着长队等着呢。两人实在忙不过来了，老张就给店里添了两个店员。饶是如此，牛仙桃和老张也是拧紧发条的铁蛤蟆，一整天都在蹦，片刻不得闲。

那几年累呀，是真累，累到手脚各自成精，不用大脑指挥自己就能独立运作。人反而是空的，是张开口子的麻袋，用眼睛看着就好了，看钱自个儿往里钻。

有一天老张掰着指头一个五两个十地算，算完了对牛仙桃说，咱们在太原买房哇。

到少波上初中，牛仙桃和老张的钱正好够在太原买套房。一家人欢天喜地搬进新家，从此有了各自的房间和各自的床。

牛仙桃和老张终于又能合在一起了，反倒生分，彼此陌生，畏手畏尾。

要说能干，牛仙桃最能干，除非是重活老张说不过去，不然所有活儿都是牛仙桃在干。牛仙桃是架永动机，早起晚睡，十多年里从来舍不得睡午觉，她的字典里从未收录进"疲惫"和"偷懒"这两个词。我看见钱不亲吗？牛仙桃说。这也是老张处处让着牛仙桃的原因，到底谁才是这个家的挣钱小能手，老张不用掰指头也算得清。

老张就不一样了，老张是一惯性疲惫，经常性偷懒。对此老张有解释：根据科学道理，世上的人分两种，一种是血液稠的一种是血液稀的。血液稠的人呢就是出汗多，湿气大，不爱动，睡觉还多。血液稀的人呢就是长不胖，坐不住，睡觉少，总想干点什么。血稠和血稀由不得自己，是上天生的。老张说：比如我，天生血稠。

老张是上天生的，牛仙桃顶多是她妈生的，属凡胎体质，故特别能干活特别能战斗。

这倒不能说老张不好，老张心思早不在一碗面皮一只夹肉饼上面了，他另有想法。

也就是在新房装修那些天里，老张为省钱，没有包给装修公司，自己亲自跑。从水泥沙子进家到水暖电改装，从地板砖选购到大理石切割，从门套窗套到卫生洁具，从铝塑扣板到螺丝合页，从石膏板到乳胶漆，从镜子后的玻璃胶到橱柜上的门把手，老张一一亲为。一个家装修下来，老张掰指头一算，比装修公司报给他的价钱足足省了三四万，还全用了好材料。就算不用装修公司，找工人师傅半包，也省两三万不止。老张抚摸着嘴唇上的胡须，开始琢磨起来。

琢磨之后，老张给店里又雇了两个员工，再买台收款机，安排牛仙桃只管收款和管理员工，自己呢，跑去跟人家学装修。

外行入门，未见得就能挣到钱，离一碗面皮一只夹肉饼带给他的利润不要差太远。但是自由啊，骑个电摩满城里风一样到处刮，与各色各样人打交道，穿插在各种建材五金市场，交往各工种的装修工人。你要是在一个地方狗拴绳子似的被拴久了，你就很能明白"随风奔跑自由是方向，追逐雷和闪电的力量"是有多教人口舌生津了。

自由的老张学到后来没有学成装修，但是被装修公司聘去做了预算和执行经理，挣工资。老张手里团着一批性价比高又有责任心的铺地师傅、刮腻子师傅、木工师傅、改水电师傅，还有卖地板的、卖橱柜的、卖卫浴的、卖灯具的、卖螺丝合页小五金的，他很知道怎么调度，怎么分配利益。老张掰动指头，一个五两个十，一条一条码放整齐，一个工程下来，装修公司不吃亏，还得让工人师傅挣到钱。

等到老张开始挣工资，牛仙桃已经浑身是病了，颈椎腰椎，肩胛骨和膝盖，手指头和脚腕子，除了头发丝，没有一处是不疼的。这时候少波已经上了大学。

少波所在的那个学校离家很不近，怕少波上完大学不回来，牛仙桃和老张想尽办法。

其中的一个办法是又买下一套房，送给少波将来做婚房。这一套面积更大一些，装修也更从容富裕，老张已经是这行里的"内人"了嘛。

等到少波研究生毕业，考到太原市一所中学的教师编制，牛仙桃和老张这才放下心来。

牛仙桃和老张一直拧紧的发条能放松了。这一放松才发现，老张的腰不行了，一到天阴下雨就不得劲。腰不得劲吧，脑袋还晕，晚上还失眠，人也矫情起来，吃什么都觉着没味，看什么都看不顺眼。

牛仙桃也一样，一旦干活少了，回头一看猛然发现了自己，也开始节食减肥了，也懂得保养保健了，买衣服开始出现品位了，用化妆品也成系列了。周末还要买个话剧票去看话剧，节假日还要出门去添堵，飞机上下誓要饱览祖国大好河山。也愿意去公园学跳新疆舞了，也有闲情逸致养个大脸猫和萨摩耶了，起名字一个叫凯米一个叫瑞恩。晚上了拉着叫瑞恩的萨摩耶出来遛，手里还常带一卷卫生纸，瑞恩拉一路，她跟着用卫生纸捡一路。

4

秦小雅和牛仙桃见面,少波考虑再三,决定安排在星巴克。

秦小雅和雨茹都不敢开车。秦小雅和雨茹都是在开车过程中遇到紧急情况时不踩刹车、不轰油门更不打方向盘,是先捂住自己的眼大声喊妈呀妈呀妈呀!这样的事多了以后,娘儿俩都见车心惊,畏车如虎,从此轻易不开车。

牛仙桃呢,不会开车。自己不会开,也不允许少波开,牛仙桃说:"因为我没有安全感啊。"如一切父母那样,但凡少波迟回家十分钟,牛仙桃的想象力就开始自由奔跑,在这十分钟里少波可能遇到的意外,每一个都惨绝人寰。少波要是迟回来一个小时以上,牛仙桃的想象力就已经突破天际,后事都能安排过十几个场景了,自己的和少波的。牛仙桃说:"我有什么办法,父母都是坏心肠,都不把儿女往好处想,而我是心肠最坏的那一个。"

秦小雅住在城南康宁街,牛仙桃住在城北尖草坪,中间隔着四五十里地。要秦小雅坐公交车来尖草坪,显然不能够,她闪亮的重磅真丝裙也不支持这个行为。要牛仙桃去康宁街也不太可能,她脑袋里没装定位系统,一个月迷路十八次,离家超过500米就分不清东西南北。所以少波选了居中的星巴克,这样双方打车来赴约都用不了多少钱。

星巴克阔大的玻璃窗上,吊挂着层层叠叠的白纱窗帘,圆肚子打了好几个弯儿假装自己是波浪,两旁垂挂下来纱布八字开交,各绑了带金线的流苏绳,妩媚又端庄地堆在两旁。暗沉色的桌子，哑光白色的低靠背椅子，拉了花的咖啡以及纤细的咖啡小勺。秦小雅和牛仙桃面对着面，彼此脸上带着微笑，肚里暗自忖度做比较。

少波握住雨茹的手，两个人暗生欢喜，一切顺利的话，他们想今年年底就结婚。

秦小雅往下一坐，就吩咐少波从她提包里往出拿披肩。明明她自己刚把手提包放下就使唤人。最可气的是，少波瑞恩般欢快地答应一声，拿出披肩，给秦小雅披在肩膀上。

到底谁才是他的妈？

秦小雅的披肩是山羊绒的，很高级的那种。怎么知道是很高级呢，牛仙桃曾经在商场里试过一次，颜色质地都看得上，一问价钱足足后退三步。不是买不起，是不值当，一只羊的价钱又如何？何况披在身上也未见得有多好看。现在，这条令牛仙桃足足后退三步的山羊绒披肩，披在秦小雅身上，使得秦小雅坐在那里咕嘟嘟直冒仙气儿。

冒着仙气儿的秦小雅对牛仙桃笑，说我呀打从小就不精神，受不得风着不得凉，还做不得营生。秦小雅为自己的不精神抱歉，说你看我这瘦的呀，我连饭都吃不进去呢。牛仙桃忙说，你这哪里是瘦，分明是苗条，这么大岁数的没几个能如你这般把身材保持这么好。秦小雅手一挥，忽略牛仙桃"这么大岁数"几个字，笑说："要说我身体不好吧，真去医院检查吧，又什么毛病没有。"

牛仙桃说："没毛病最好。"

秦小雅说的全是实话，她确实不做营生，以前家里从买菜到做饭到洗碗到各种收拾，都是雨茹的爸爸来做，她只负责挑毛病。

秦小雅说:"少波呀,你帮我去吧台要个湿巾,我擦擦手。""好嘞。"少波一声应,瑞恩一般欢快地往吧台给秦小雅取湿巾了。

明明桌上有纸巾。牛仙桃一股真气打从丹田往上蹿,拦都拦不住。

好在现在的牛仙桃已经不是那二年的牛仙桃,受血压和血糖双重打压,牛仙桃整个人开始往回收,性格温和了,态度柔软了,出气也不呼哧呼哧带响了,与人也不争什么了。不恼,不怨,不嗔,不骄,做的全是好事,说的全是好话,见了年龄小的一律称呼闺女或小伙子,见了年龄大的一律叫老哥哥老姐姐,最不济也要喊一声师傅好。公交车来了也不追了,骑电动车也不见缝插针了,见了便宜也懂得区分值不值得了,在小处上也肯吃点亏了。随着性格变好,整个人也逐渐变圆,尤其面部线条,越发往两边里括,大括号一样,括在里面的全是我能原谅你或我懒得理你。

这二年的牛仙桃,由一个生活的斗士转型成生活的捧哏,技术正趋向成熟,眼看着就能进入优秀行列了。天网恢恢,终于还是教她遇到了秦小雅这个瓶颈。

秦小雅高档山羊绒扎着牛仙桃的眼睛,还有懒洋洋和指头细长端起咖啡杯,以及说话有气无力,包括翡翠簪子的摇晃,全都是故意的,无一处不扎着她的眼睛。

好吧。牛仙桃把来自丹田的三昧真火压下去,说:"我很喜欢雨茹的。"说着,拉住雨茹的手。雨茹害羞,低下头去。少波看了心下欢喜,在桌下踢踢雨茹的脚,两人对视一眼,眼里都在说年底我们结婚吧。

秦小雅说:"嗯,我们雨茹从小就这样,谁见了谁喜欢。"

说时用眼睛看雨茹，自己满意地笑。秦小雅又说："喜欢归喜欢，可这孩子也有讨人厌的地方，你看看她的细胳膊，再看看她的细腿腿，就知道她什么活儿都做不来，是只好坐着等吃的人，像我。"

少波看着雨茹笑。以前雨茹把头靠在少波头上，说："我什么活儿都不会干，你以后别指望我给你做饭洗衣服。"少波说："哪能啊，你是牛奶和肯德基喂大的，是用来祸害人间的，不是用来洗衣服做饭的，你要认清自己。"说时两人都甜蜜地笑。

秦小雅如此一说，少波和雨茹都想起这个典故，不由得会心一笑。

牛仙桃说："不会做就对了，叫雨茹来我们家，我们家的人什么都会做的。"

秦小雅笑着说："少波也可以来我家。少波我是知道的，家务活儿样样会干，且干什么什么好。"牛仙桃自豪地笑，说："我们少波从小就自理能力强，上小学开始起就不用我们操一点心，怎么吃怎么穿都是自己安排自己，再大一点还安排妈和爸。"说完了一下醒悟过来，少波家务活儿样样会做，那不正好侍候你们俩这对什么都不会做的母女？一想到此心惊肉跳，自己辛辛苦苦养个儿子，原来是给未来丈母娘培训出来的免费家政。果然儿子是给媳妇养的，闺女是给女婿养的。可是，媳妇就媳妇了，怎么还外加一个离婚过的丈母娘？再看看雨茹和秦小雅的亲密劲儿，不像是好离间的，只怕这丈母娘是少波休想摆脱的债了。牛仙桃端起咖啡喝一小口，使劲稳了稳随时要飘上来的血压。

回到家秦小雅就对雨茹说："牛仙桃很好笑哎，以为少波是什么，天下第一呗，除了他天下就没男人了呗。"叹口气又说，

"少波真是可惜了，咋出生在那样的家庭呀。"

雨茹说："妈。"

秦小雅说："结婚可不只是你们两个人的事，你要对你将来要进入的家庭有足够的了解和接受能力才行。"

雨茹不说话。

秦小雅说："就牛仙桃这种浑身散发浓浓淘宝气质的，雨茹你真能接受？"雨茹忙替牛仙桃分辩："她今天穿的衣服不是在淘宝买的。"又补充一句，"我们的衣服不也经常在淘宝买吗？"

"哧。"秦小雅回答，"这是在说衣服的事情吗？"

"还有，牛仙桃那种雁北的后鼻腔口音你真听着不别扭？反正，"秦小雅说，"好婚姻是升维而不是把人拉低。"她倒不说她自己是一口太原话。"太原话怎么了？我说太原话我骄傲。"秦小雅仰起头。

牛仙桃回到家，气儿不打一处来，被秦小雅的言谈举止甚至穿戴深深扎过的眼睛根本还没缓过劲儿来，于是不合逻辑地开骂："她以为她是谁呀？要当皇太后她倒是先生个皇帝儿子出来啊。"

少波不明白牛仙桃在说什么，怎么一杯咖啡下去，升上来的全是火呢。

老张急忙问："怎么，亲家母不同意雨茹和少波啊？"

牛仙桃反而笑，说："她巴不得我们少波赶紧娶她闺女呢。"这话不符合事实，事实上秦小雅并没有表达这样的意图。

那老张就更不明白了："这不挺好吗，咱们也巴不得雨茹早点和少波完婚呢。是吧少波？"

老张有一套大平方米并装潢豪华的婚房做底，豪横得很。那婚房是老张藏着的宝，就等少波结婚拿出来亮呢，这是老张奋斗这么多年交出来的成绩。老张笑，说将来少波成了家有了孩子，我们二老就天天过来给小两口做饭洗衣服打扫房间照顾孩子。

他们现在住的房子和少波的婚房同在一个小区里，当初这么安排就是为了彼此照应。少波这个孩子实在太好了，没用爸妈操心，见风就长，还长得尽善尽美。不用爸妈操心吧，学习还好，学习好吧长得还帅，长得帅吧还孝顺，处处合人心意，简直就是上天安排来抚慰他们多年打拼的辛劳的，是令人念阿弥陀佛的一个存在。这样一个孩子，牛仙桃和老张就想对他好，无论怎么对他好都应该，都不为过。

5

咖啡店是双方家长第一次见面，火星与地球碰撞得异常激烈，但对少波和雨茹的婚事没有实质性推动。不但没有推动，这么看下来好像还起着反作用。

下一回，少波把双方家长见面安排在自己家里。有老张在，话题和气氛都不至于跑偏，老张务实，一桌饭应该达到一个什么目的他最会算。

提前一天，老张和少波把家整理打扫一番，采买了肉蛋菜蔬，牛仙桃把她的凯米和瑞恩寄放到了宠物店。

牛仙桃现在已经不卖面皮和夹肉饼了，她把店租出去，只要一年到头去收租金就好了。这是老张的主意，面皮店生意早不像前几年那么火爆了，牛仙桃该歇歇了。

前几年生意火爆，是因为面皮店前后有两所学校，前面一所是体育学校后面一所是中学，左方不远处还有个比较大的菜市场，牛仙桃的面皮店恰卡在3点中间，天然一个航海灯塔，闪烁着招揽生意的光。学生一放学就往店里拥，学生放假了还有菜市场的人往里拥，一年四季是旺季。

现在不火爆了，是因为城市规划为缓解这一片的交通压力，把体育学校挪走了。中学呢，虽然没有挪走，但开了分校，学生减少了近一半。面皮店门前再排不起长队，虽然生意还算不错，毕竟也不用那么忙了。钱是挣不完的，老张心疼牛仙桃浑身是病，主张把店盘出去。牛仙桃舍不得，面皮店对她来说已经是意义而不仅仅是挣钱。最后还是少波说了一句，人生里不该只有面皮店，才算把牛仙桃点化开。

牛仙桃从面皮店里走出，等于用斧子给自己劈开个新天地。她先是回老家县城小住了一段时间。这一住不要紧，发现街上走的人没几个她认识的，县城也不是她记忆里的样子，百分之八十的建筑是她没见过的，她与县城之间有道裂痕，她成了个土生土长的外地人或者是智商最低的本地人。

牛仙桃很快逃回了太原。

火车一进太原城，牛仙桃豁然放松，眼中所见全是她熟悉的。熟悉令她安全，安全产生舒适，果然住在哪里哪里就是家。站在新修的桥上往远处看，栋栋高楼如密林，密林深处无数个闪光点，那是高楼上每一个窗口都点亮的灯，只要一想有一个窗口是属于自己的，是自己能够回去的家，牛仙桃就嘴角上挑。没有比这个更有归属感的了。

反认他乡为故乡，不是乡愁，是自豪。牛仙桃的道理也简单，谁承认她，谁就是她的故乡；谁盛放她，谁就是她的故乡。

秦小雅和雨茹来了，从康宁街自己家到尖草坪少波家，被公交车曲曲折折走出五十来里路，足够她们看上去风尘仆仆！

秦小雅咬咬牙。啥也不说了，只为雨茹。

牛仙桃和老张接王母娘娘下凡一样，盛大且隆重地迎接秦小雅。王母娘娘照例，一进门就对少波说："哎哟快给我找拖鞋，脚都快疼死了。"秦小雅穿一双高跟鞋，就不说走路，光是站着就够她受了。雨茹呢，穿一双高帮匡威，不怎么累但困。少波笑说："我知道，准备着软底儿拖鞋呢。"说时从柜里拿出两双怪好看的女式绣花布拖鞋，分别给秦小雅和雨茹换。那布拖鞋少波什么时候准备下的，牛仙桃并不知道。

但是，为什么是两双女式拖鞋呢？只有两双。

穿塑料拖鞋的牛仙桃请王母娘娘先参观自己的家。有不错的经济条件打底子，牛仙桃不怯。要知道秦小雅现在住的，也不过是老多年前的单位宿舍。秦小雅说："墙壁上挂这么多画，不觉得杂乱吗？"说完了又为自己的直接和多嘴道歉。

老张说："是，画是多了些，不过这些画都是少波妈自己画的。"

"噢。"秦小雅着重看了牛仙桃一眼，又仔细看墙上的画。是山水国画，用墨浓淡相宜，说不来好，但也不能完全说不好。是那种处处有破绽，但只要一提醒是牛仙桃画的就能被原谅一切不好的好画。

这是牛仙桃上老年大学的成果。她画一张老张就装裱起来往墙上挂一张。老张这个人有一是一有二是二，从不埋没自己家的得意之处。

想不到。秦小雅再次认真看看牛仙桃。

与上一次不同，这一次牛仙桃打的是有准备的仗，一大早就在美发店做了美发，盘了个贵妇髻，髻上用一排小珍珠别了做固定。衣服是暗沉色的香云纱裙，收腰，但整体宽松自在。

手腕处戴一串南红,与香云纱的暗色形成犄角,相互呼应。脚上是坡跟白宝色牛皮鞋,上缀水钻,走起路来暗沉沉地闪。

这是牛仙桃从体育学校学来的。面皮店前方的体育学校大楼,多少年来一直是白色瓷砖做外体,明晃晃矗立着,每天俯视芸芸市民在自己脚下熙熙攘攘。牛仙桃与这大楼朝夕相伴,卖面皮间隙抬起头,第一眼看到的先是明晃晃的大楼,其次才是高于大楼的蓝天和白云。

看了十几年的大楼,忽一日被绿色环保围墙包起来,牛仙桃这才知道体育学校挪走了,而这座大楼要重新包装和改装。半年之后再来看,大楼主体改装已经出来,再不是原来的白瓷砖色外墙,改成以灰色、赭色和黑色三种颜色相搭配。三色搭配下的大楼暗沉下来,像一个人从飞扬跳脱的少年进入成熟稳重的中年。三色搭配下的大楼,隐藏在一树绿色后,沉思成一个大叔模样,但却压制着一街喧嚣,莫名使整条街道都安静了许多。

牛仙桃长久地看改装后的大楼,开悟了。前不久解放路也趁着地铁二号线的修建进行半封闭改造,据说是要拓宽街道,街道两旁的楼也要拆旧建新和改造刷新,还没有全部完工,但肉眼可见那些探出头来的楼体,所刷颜色以灰、黑、白搭配为主。这,是城市新颜色。

低沉下来,压制喧嚣。颜色第一次给牛仙桃上课,对她道出一些属于城市的精髓。明晃晃是过去式,现在的城市新颜色更多渗透出的是缓慢、低调、安静和舒适。

秦小雅这次没穿旗袍也没戴翡翠,是穿了一件白色长恤衫,一条浅黑色牛仔裤,头发用一根老实的橡皮筋扎着。身形苗条的秦小雅在这一身装束下,精明干练,猛一看很普通,仔细一看很不普通，不像是那么好惹的。

秦小雅问牛仙桃："你以前，来太原以前，是干什么工作的？"

牛仙桃说："在县煤炭交易所，做出纳。"

"噢。"秦小雅看着牛仙桃，说，"我也是搞财会的啊。那为什么不干了呢？"

牛仙桃说："因为不待见。"

秦小雅拍掌笑，说："我也是啊，我也不待见财会。我不待见财会却干了一辈子财会。老张呢？他原来是干什么工作的？"

牛仙桃说："工人。"

"也不待见自己的工作？"

牛仙桃回答说："那倒不是，是我要他辞职。反正我是不想在县城了，肯定要走。"

"他同意？"

牛仙桃说："我，工作，他可以选一样儿。"

老张插嘴说："你听她说呢，当时她逼我做出的选择是：接受，或者被迫接受。"

秦小雅哈哈大笑。一句不待见，既是雁北话又是太原话，在这一句上，牛仙桃和秦小雅倒是暗通了款曲，是孟光接了梁鸿案。

就餐在友好、沟通、开明的正确氛围下进行。少波挑着眉毛看雨茹，眼里有些许得意，年底这新郎官他是做定了。雨茹偏不看他，流转着眼波，认真剥手里的虾皮，剥好了放在牛仙桃碗里。牛仙桃一边给秦小雅劝菜，一边想，不待见财会工作却干了一辈子，不待见雨茹的爸爸了转脸就能离婚。所谓的理智大概就是这样的吧，永远知道什么是绝对不可以丢弃的什么是可以转换的，心下里对秦小雅起了一层佩服。

秦小雅平时只吃蔬菜水果，很少吃肉，今天少波家的饭桌，荤素搭配科学，色彩铺排得法，菜不柴肉不厚，都可以捡一两筷子来吃。再看看雨茹，也比平时吃得多，且全过程眼睛明亮，面含笑意。始知饭桌才是一个人的幸福指标。牛仙桃原本在县城有安稳的工作，她不待见她的工作，她就能出走，还走得这么轰轰烈烈。这样想着，就在心里把对牛仙桃的一些想法重新整理一遍。

饭后，老张请秦小雅参观他本小区的另一套房子。秦小雅欣然答应，正发愁吃得太饱没法消耗呢，乐意见证一下牛仙桃和老张在同一个小区里有两套房子的自豪。

等进到另一套房间，秦小雅一下清醒，知道这是牛仙桃准备给少波和雨茹的婚房。老张今天高兴，吃饭时候多喝了几盅酒，酒不但烧红了他的脸，也把他的舌头烧到不受管束。喏，120平方米，精装修。你看看这砖，你看看这板，你看看这断桥铝和大理石，你再看看这铝塑扣板和包边条，都是我亲自把关的。老张只顾自己说，完全没有注意到秦小雅脸色开始不好看，兀自在那里说呢："家具我是故意不买的，把钱给雨茹，她住进来了，喜欢什么样的就买什么样的。"

秦小雅问："谁告诉你雨茹要来这里住？"

回到家了秦小雅还是气呼呼的，换过鞋直接把自己扔进沙发，脚都疼死了。问雨茹："你没对少波说过吗？你们结婚，我这里已经为你们准备好婚房了？"

雨茹为自己喊冤："我对少波说过的。"

秦小雅说："我不管你和谁结婚，但结婚只能住在康宁街，这是我的底线。"

这边少波责备老张:"爸,我对你说过的,我和雨茹结婚,住康宁街那边。"

老张一拍脑袋,把这事给忘了。也不是忘了,是压根没当回事,娶媳妇,由男方来安置新房子,这不是天经地义吗?

我不同意。牛仙桃说:"我娶一个媳妇,然后我媳妇没捞着儿子还没了?凭什么住康宁街啊?我们自己家没房子吗?我们是娶媳妇,又不是入赘当上门女婿。"

"妈。"

"你喊妈也没用,雨茹必须是娶回家来住在尖草坪。"牛仙桃敲桌子,"你们住尖草坪,一日三餐我和你爸来伺候,你要住康宁街了是你一人伺候她们母女俩。"

"这怎么还用上'伺候'两个字了?我和雨茹我们两个有手有脚,为什么要妈和爸来伺候?结婚了就是双方父母,都有孝敬义务,怎么能说是伺候?再说也不存在谁娶谁呀,大家都是平等的,我们这边出多少彩礼,她们家那边陪多少嫁妆,这不都是说好的吗?"

牛仙桃说:"是啊,她们一分钱彩礼也没少要啊,凭什么就住她们家那边?"

"那难道,你希望她们一分钱彩礼都不要?"少波问,"那样我可真就只能住她们那边了。"少波朝牛仙桃摊摊手。

牛仙桃舌结,坐在那里翻不上话来。少波蹲下来,拉住牛仙桃手说:"妈你想想,雨茹的工作在针灸医院,住尖草坪这边了她怎么上班?你让她早晨9点上班6点就得起床出发啊?还倒好几趟公交车?"

"那你的工作不也在尖草坪吗,你要是住康宁街了,你上班还不一样早起?还不一样倒好几趟公交车?哦对了,你还不是9

点,你是8点就上课。"

"妈,我是个男的,不方便和困难该由我来承担。再说了,我不是可以开车吗?"

"开什么车,多危险。万一你撞了人呢?万一人撞了你呢?"

"一共加起来也没四五十里地,能危险到哪里去?街上还有那么多红绿灯,还有那么多交通警察,谁就轻易能撞着谁了?"少波哭笑不得。

6

雨茹的爸爸老高阅人无数,看少波一眼就知道,这是个能托付终生的人,不像自己。

老高对雨茹说:"爸同意。爸对你说,爸还给你攒着一笔嫁妆钱呢。"爸都住老旧小区了,还不忘给雨茹攒嫁妆钱。雨茹来不及感动,跺脚说:"爸,现在不是钱的问题,是我妈不同意。"就把事情的前因后果对老高说了。老高听后直挠头,给雨茹买房,是他和秦小雅在有效婚姻期内共同设计的事,他们把这个当事业来策划安排经营了那么多年。

"啧,要说吧,你妈也没做错。"老高摸着自己的后脖颈说。

完了,别指望在老高这里得到什么实质性的帮助了。雨茹噘起嘴。老高一看雨茹噘嘴,自己先慌了,说:"姑娘姑娘你别着急,有什么事爸爸来解决。"雨茹一直都是老高捧在手心里的夜明珠,怎么能叫她噘嘴呢。

话虽这么说,但老高确实也很难再见秦小雅。怎么见呢,说秦小雅你这样不忘初心守护家业是不对的?那他是多嫌自己死得不够快。离婚多年,秦小雅余威仍在,他轻易不敢招惹。

对于敬而远之的人，还就只能远远敬着。

老张是牛仙桃天边的一道滚雷，不定时隆隆炸响。像现在，只是饭后出来散个步，也不说少波这个事怎么办，也不说事情该怎么走下去，是把自己臆想成个城市规划师，一边走一边对街道两旁的建筑指指点点，这个地方该建个公共卫生间，这个地方该把灌木丛铲去建个停车场。还要给好几栋烂尾楼盘活，明确指出该改造成什么样，怎么样招租才能利益最大化。老张说得头头是道不管不顾，不知道的还以为是个市委大院里走出来的厅局级干部呢。

"张局长"用手指着一处烂尾好多年的楼，说这就很该改造成个青年公寓嘛。话没说完，被平民牛仙桃踢一脚，说："你能不能闭嘴？自己的事情还没搞清楚呢管人家什么青年公寓，那是你能管得着的事吗？"

这话说得，你不看满大街都写着标语么，"建设太原靠大家""我是城市主人翁，我为城市做贡献"。怕牛仙桃真看不见，还要用指头一个一个指了给牛仙桃看。看看牛仙桃的脸，说："自己的事？我们自己有什么事？哎哎哎，你别生气啊，你是说少波的婚事是吧，少波的事你让少波自己去解决嘛。"

天雷滚滚。牛仙桃气极反笑："照你这么说少波是个爸妈都死绝了的孤儿呗。"老张说："这是什么话嘛，关键你给少波解决不了事啊。你给少波什么帮助了？"老张认真地问。牛仙桃这时候是由衷佩服秦小雅啊，她那么干脆利索就把婚给离了，是想得有多清楚啊。不像自己，还得每天遭雷轰。

这就又说到秦小雅了，牛什么牛啊有什么可牛的？不就是出生在太原市吗怎么了？牛仙桃出生在县城，但是名门之后，祖上出过好几辈榜眼探花进士，县城至今都留有状元街状元牌楼，是世代书香门第好不好。她秦小雅是什么，也就出生在太原随便哪个小胡同的小家碧玉罢了。

牛仙桃果真是个只知其一不知其二的人，她要是知道秦小雅的祖上，是个能买下整条街的大商业家，临县碛口最大的那个院子只是秦家财产的一小部分，平遥、太谷都有他们家的票号和生意庄，上海和武汉都有过工厂，她就不这么说话了。

要是比祖先，中国人个个都牛，谁还不是炎黄二帝的龙子龙孙啊。现在，牛仙桃和秦小雅同是太原普通市民，同是标语上写的那个"人人爱太原，太原爱人人"里的"人人"。老张揶揄说："诶，牛仙桃，你从街心公园剪回来的月季玫瑰枝，栽活了没？"

牛仙桃把公园里开得最鲜艳的那几朵月季玫瑰，偷摸剪回来好几枝，插在土豆块里，再把土豆埋在盆里，说是能收获更多月季玫瑰。一个月后，牛仙桃收获紫色土豆花若干。

牛仙桃在跟老张说婚事，老张在跟牛仙桃说土豆花。牛仙桃血压噌地就升起来了，说："你想怎样？"老张感受到迎面而来的杀气，忙解释说："但是我喜欢你这样啊。"

是月季玫瑰也罢是土豆花也罢，在老张眼里都一样，反正他也分不清哪个更好看哪个更难看。在老张眼里，好看的是牛仙桃在花园偷剪的模样。她都已经是偷剪了，还避开主枝只剪侧枝，她还要顺手给花扶扶正，去去枯叶。她偷剪时猫着腰，蹑手蹑脚，眼睛滴溜乱转，比平时不知可爱多少倍。老张说："乡下人进城多年，往往变成四不像，原有的淳朴和良善保不住，但城市人的雍容和优雅学不到骨子里。"

牛仙桃说："我就是那个四不像呗。"老张说："我给你讲个笑话吧。有个人买了一双昂贵的名牌鞋，十分心爱，每天都穿着。过段时间发现鞋底磨穿了，于是找修鞋匠把鞋底换了；再过段时间，发现鞋帮坏了，于是把鞋帮也换了；又过一段时间，鞋带也断了，于是把鞋带也换了。但这个人穿的依旧是那双昂贵的名牌鞋。"

牛仙桃问："你啥意思？"老张说："夸你呢，做贼心虚是中华传统美德，在你身上就保持得很好嘛。"

牛仙桃看着老张，说："我怎么就越来越佩服秦小雅了呢？"

老张想不到牛仙桃这么容易就领悟到他的思想，无比高兴："一说就通的是灵人，你看那些抱着自己的理不放的，全是些不通的蠢人。秦小雅不慌不忙的好姿态和好人生确实值得佩服。"

牛仙桃说："我佩服的是秦小雅想离婚就离婚，绝不忍受。"

婚房成了少波和雨茹婚事的最大障碍，不是因为没有，是因为多出来了。这事闹的，没地方说理了还。

少波问雨茹："你就不能和你妈好好说说吗？"雨茹反问少波："你呢，好好和你妈说了吗？"少波说："我说了，天天说，软磨硬泡地说。"雨茹说："结果呢？"少波摊摊手，一脸委屈。不死心地还问雨茹："你好好磨你妈了吗？我看你妈最是通情达理，没想到也是这么不讲理。"雨茹说："我妈怎么不讲理了？你还别拿这大帽子扣人，凭什么我妈就得通情达理啊？你妈就不能通情达理吗？"

两人都生气，背对了背。这是两人第一次生气，也是第一次发现对方生气不讲理的时候，有多面目可憎。雨茹用手肘捅少波，说："你倒是想想办法啊。"少波说："你废什么话，我要有办法我能愁成这样吗？"这一着急，调门还上来了。雨茹大睁双眼，一脸不可置信："你吼我？你居然吼我？"

小雪这一天果然下起小雪。这雪是颗粒的，自高空旋舞而下。冬太原是灰色调，在这么一场颗粒小雪的荡涤下，变为天青色。崇善寺外狄梁公街最宜看雪，整条街是被左右朱红色高墙夹着的，两边的梧桐树在冬天不说话。以朱红墙为背景看雪，雪的每一粒不是雪白而是晶莹透明，这时候崇善寺敲响铜钟。钟声古来，回溯太原。太原成了晋阳城。

几天后解放路结束封闭改造，露出全新姿容。街道两旁的建筑都刷了以灰、白、黑为主调的新颜色，呈现出一种冷静、克制、高档的气质。最大的不同是多了地铁站，这是太原出现的又一种新。新让太原自带BGM（背景音乐），宽阔了的街道、冷静了的颜色，在节奏上行进，太原打鼓点踩节拍时，就成了龙城，是包容、尚德、崇法、诚信和卓越的龙城。

小雪过后是大雪。大雪这一天晚上，少波失眠。深夜后的玻璃窗幽深成一片海，海里浸泡的是城市森林般密集的高楼，这样一个夜晚，是不是每一扇窗户后都有一个失眠的城市人呢？海如果够深，会有鲸鱼跃出；树林足够密集，会起蓝雾，于蓝雾里能走出一头鹿。睡不着时，却见不到思念的人。

大雪过后是冬至，太原话说"冬至不吃饺子，耳朵冻成壳子"。秦小雅和雨茹在网上选了很多品牌的冷冻水饺，还是没有确定下来要吃哪一种。吃哪一种都一样不好吃。

笃笃笃，有人敲门。

进来的是老黄。老黄带来很多东西，菜、油、肉和面。有了老黄，这个冬天耳朵可以不用被冻掉了。很快，玻璃上哈了一层白气，灶台上一壶水开了，发出嘶嘶的响水声。老黄和秦小雅双手都沾着面粉，相视一笑。雨茹把电视机打开，新闻正在播报：地铁二号线将于12月26日开通运营，全长23.67千米，设23座车站，最高速度每小时80千米，标志色为中国红！

7

坐地铁，少波从家到针灸医院10站地，用时25分钟。

中医是越老越吃香。朱大夫已经具备中医所有的技术和气象，就等变老了。一旦老了，戴个拴绳儿的细金边眼镜，看人的时候目光在眼镜上方，看字的时候目光在眼镜正中。手上几块老年斑，搭在你手腕上诊脉，命令你舌头伸出来，再把眼睛翻上去。反正就是要你做鬼脸儿，多严肃的人都得遵命。诊脉完了结果就出来了：风寒阻络，气血两虚，脾胃不和，气滞血瘀。你也不知道这是啥，但你就是觉着对，太对了。老中医沉思片刻，在纸上画字：白芷白术白芍，防风党参桂枝，炙黄芪炙甘草制白附子，丹参茯苓全蝎。你还是不知道这是啥，但就觉得好有文化好深厚。把这药煎了按时喝，几天后病好一半，神了。

少波看着雨茹笑，想象五十年后雨茹戴着挂绳儿的细金边眼镜从医院里颤巍巍出来，抬头一看，来接她的正是满头银发但身材依然挺拔、相貌依然英俊的张少波。

雨茹看着少波脸上不明所以的笑，知道他又放飞自我了，嘴唇一抿，给少波摘针时就下了黑手。"哇呀呀！"少波大叫。朱大夫闻声过来问："怎么了？"少波支吾说疼。朱大夫问："哪儿疼？我再给你补几针？"少波对朱大夫的栽葱手段早有领教，说："我只是脖子疼。"朱大夫说："那太好办了，我可以给你正正骨。"

到下午下班时，雨茹一出医院就看到少波笑吟吟站在那里等着她。雨茹并不理他，扭头就走，被少波一把抓住胳膊，甩好几次都甩不脱。雨茹看看少波的脸,不甩了。

少波拉着雨茹就走。雨茹问:"去哪儿?"少波回答:"坐地铁。"

在王村南站下的地铁站,雨茹的胳膊被少波紧紧抱在怀里,那是掉水里后能抓住的稻草。雨茹暗自好笑,但不肯松软。气还没消呢。

地铁呼啸着从地心开来,簇新又昂扬,这是2021年的春夏之交。外面各色鲜花在和煦阳光照耀下竞相开放,把太原市开成锦绣繁华地。地铁里,少波终于把雨茹拥入怀中。

雨茹用拳头砸少波,砸着砸着,自己倒先笑了,眼还含着一闪一闪的泪呢。又哭又笑,粑粑蘸尿。雨茹扑哧一笑,鼻涕泡都出来了。

两人相互拥抱着,都心疼对方瘦了这许多。地铁如缝衣针在地下纴缝,南内环、体育馆、大南门、开化寺、府西街、缉虎营、大北门、胜利街、涧河、尖草坪,一站与一站之间,分钟与分钟之间,被地铁这枚大针纴成一体,空间与时间无非是此时,少波与雨茹在地铁里对彼此的凝视。

"雨茹,你觉不觉得,这《地铁二号线》是一篇小说的名字。"雨茹仰着脸看少波,少波说,"你看它一头连着翘首以盼的翩翩佳公子,一头连着宜室宜家的窈窕淑女。"雨茹说:"宜室宜家的窈窕淑女我懂,但翩翩佳公子是什么意思,在哪儿呢?"说时笑,倒先把自己的脸红了。少波说:"你有没有觉得,地铁二号线把太原城缩小了。"雨茹说:"嗯,以前从南到北挤公交车起码两三个小时。"

雨茹对少波这个小说的比喻很赞成。受到鼓励,少波张狂起来,说:"假如地铁二号线是小说,那这小说一定是网状结构的，是草蛇灰线的布局。你看，地铁里的每一个人都是不一样的言行举止，他们和我们一样，只出现在这一站和这一段，然后又被出站口分散到城市各个角落，去完成独属于他们的故事。这是独特性。但是在这一站和这一段，他们和我们同在一个车厢，我们就是一个群体，这是共同性。共同性造就一种大，那是繁华与宏盛；独特性是一种变，唯变才能呈现百态和多姿，是美和前进的来源。"

说完了，又修订自己："更像是一部科幻小说吧，是科幻照进现实的真实文本。地铁二号线运用物联网、大数据、云计算、移动互联网、人工智能技术，科技含量最前端的词语，都用在地铁二号线了。全自动运行、人脸识别、云计算平台，地铁二号线，这些科幻元素，在科学与幻想之间自由出入，让人分不清哪是现实，哪是虚拟。科幻在地铁二号线是想象的合理与科学的支撑，是理想变为现实。"

雨茹把头靠在少波肩膀上。少波说什么都对，但更主要是少波说话时声腔带动胸腔共鸣，胸腔把雨茹的耳鼓膜也带动着嗡嗡响，如果这是另一个世界传达而来的脉冲，是科幻无疑了。

终点站到了。少波和雨茹手拉手出地铁，却一时不知道该去哪里，去哪里都没有彼此的凝视更好，去哪里都没有彼此说话更好。少波说："那我们再坐回去？"雨茹说："走啊。"这一回，换成雨茹抱着少波的胳膊不放了。与少波不一样，雨茹抱的不是稻草，是体温三十六度五。

"知道吗？"少波问雨茹。雨茹头枕着少波的肩膀，欲睡不睡，她的几根头发飞在少波的脸上。"什么？"雨茹问。少波说："缉虎营这一片有条街叫城坊街。"雨茹说："有啊，怎么了？"少波说："过去的老太原人都叫它城隍庙街，为什么叫城隍庙街呢，因为这条老街上有座城隍庙。什么叫城隍呢？城是崇墉为城，隍叫作环水为隍，所以这座城隍庙也就是太原的守护神。"

"原来是这样。"雨茹仰着脸看少波。

"钟楼街为什么叫钟楼街呢？"少波说。雨茹问："为什么呀？"少波说："因为这里曾经建过一个钟楼，是明代时候在傅山的祖父傅霖倡导下集资修建的。后来，钟楼街与大中寺、开化寺三街合一，连接柳巷、桥头街、柳巷南路，呈'十'字连接，成了太原市的商品集散中心。"

"知道大南门的名字怎么来的吗？"少波问。雨茹抱着少波的胳膊，头枕着少波问："怎么来的？"少波说："取自《南风歌》，'南风之熏兮，可以解吾民之愠兮！南风之时兮，可以阜吾民之财兮！'大南门最初叫朝天门，也叫迎泽门。"

顺着少波的思路，雨茹问："那南内环街又是怎么来的呢？"少波说："实际上是先有大营盘，然后才有南内环。大营盘因阎锡山曾经在这里修建兵营驻扎军队而得名。后来，大营盘东西街合并且向西延伸至汾河隧道，这才统一命名为南内环街。南内环街的特点是兼容并蓄，是太原经济发展的催化剂，是把太原从古老文明拉向现代科技的过渡地段。"

南内环站到了。随着报站声音响起，少波拉起雨茹下地铁。

"去哪儿？"雨茹问。少波并不回答。

"这是哪儿？"雨茹站在一个一室一厅的房间里，好奇地问少波："这是谁的家？"少波说："是你的，我的，我们俩的。"

少波说："我想好了，我们将来不住康宁街也不住尖草坪，我们住在中间的南内环街。这样，我们无论是回你妈家还是回我妈家，都方便。同样，将来或是你妈来或是我妈来，都方便，坐地铁都是十几分钟的事儿。"

"可是这个家……"

"这个家是我租的。租过来后我重新装修，咱们做婚房用。你看看，是你满意的样子不？"

雨茹眨眨眼，再眨眨眼，原来这段时间，少波悄没声儿的，是在做这件事。雨茹一把拧在少波胳膊上，少波哇呀呀大叫起来。确知雨茹真是把黑手。

什，什么，南内环街？牛仙桃蒙了，这唱的是哪一出？自己家有房子，却要出去租房住？这超出牛仙桃的认知，她的知识结构里，这个世界有BUG（缺陷），真的有。

"妈，你知道地铁二号线开通意味着什么吗？"牛仙桃迟疑说："不，不会是，自己有房自己不住吧？"少波一笑，说："意味着出行便利、房产增值还有优质生活圈。爸，你懂了吗？"少波转头问老张。

少波说："爸，咱们买第二套房子到现在，房贷还完了吗？"老张摇头说："并没有，不过，房贷是我的事，我不会背给你，这个我老早就声明过的。"少波提醒老张说："爸，房产增值、出行便利，还有优质生活圈，你想想，咱家的房子是不是在地铁口。"

老张说："你直接说意思。"

少波说："把房租出去啊！你算算，房贷利息一年是多少钱？这么好的条件你租出去一年是多少钱？这一来一回又是多少钱？"

少波这么一说，老张还真就掰起自己的指头来。少波说："爸你算算，我出去租房到底是合算还是不合算？"

老张掰完指头说："合算。但你在南内环租的那个房子，由我来出钱,这个你不许争。"

牛仙桃说:"你住南内环了,我怎么去给你做饭?"

少波和老张同时说:"做什么饭,你该学画山水画。"

半分钟后,老张和牛仙桃同时说:"那还等什么,我们一起拜访亲家去。"

雨茹拉着少波的手并排坐在秦小雅对面。老张和牛仙桃带着真诚的笑坐在秦小雅左面。老黄不知所措地坐在秦小雅右面。雨茹邀请他来时,没说明是这个情况。

秦小雅"O"着嘴半天恢复不过来。"妈,"雨茹说,"我是你女儿,但从出生那天起我就是我自己了,不属于任何人,我自己的事情我自己说了算,谁也不能指点我的生活。妈,你和黄叔叔的事我同意。我想的是,假如你真和黄叔叔结合——你不必因为考虑我一直不答应黄叔叔——你们就住康宁街的新房里吧,房贷由你和黄叔叔来还——妈,我爸这几年也挺不容易的,该帮他减轻了——你原来单位的旧房可以租出去,这样你也更宽裕。妈,你说这样好吗?妈。"雨茹把秦小雅放在桌上的手用力握住,"明年你退休,退休后你就不用再干你一辈子不待见的工作了。"

秦小雅"O"着嘴,半天接不上话来。她明白无误地知道,雨茹说得全对,全是大人话,只是一时找不到雨茹成为大人的那个节点。再看看雨茹晶晶亮的眼睛,那里面不是八头牛拉不回的倔强,那是对自己有规划有掌控的强大。她说得对,她是她自己,她谁也不属于。

地铁二号

203